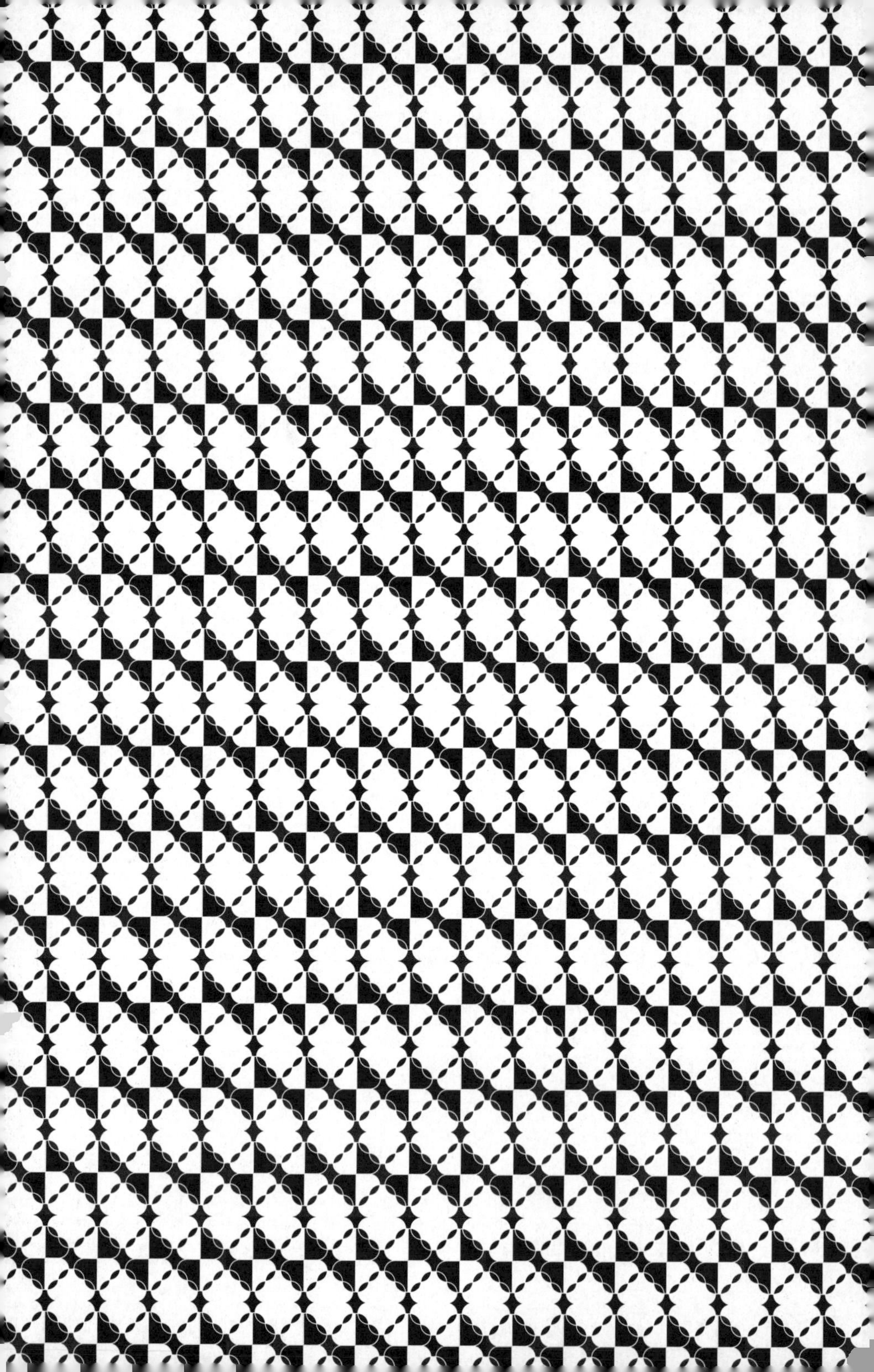

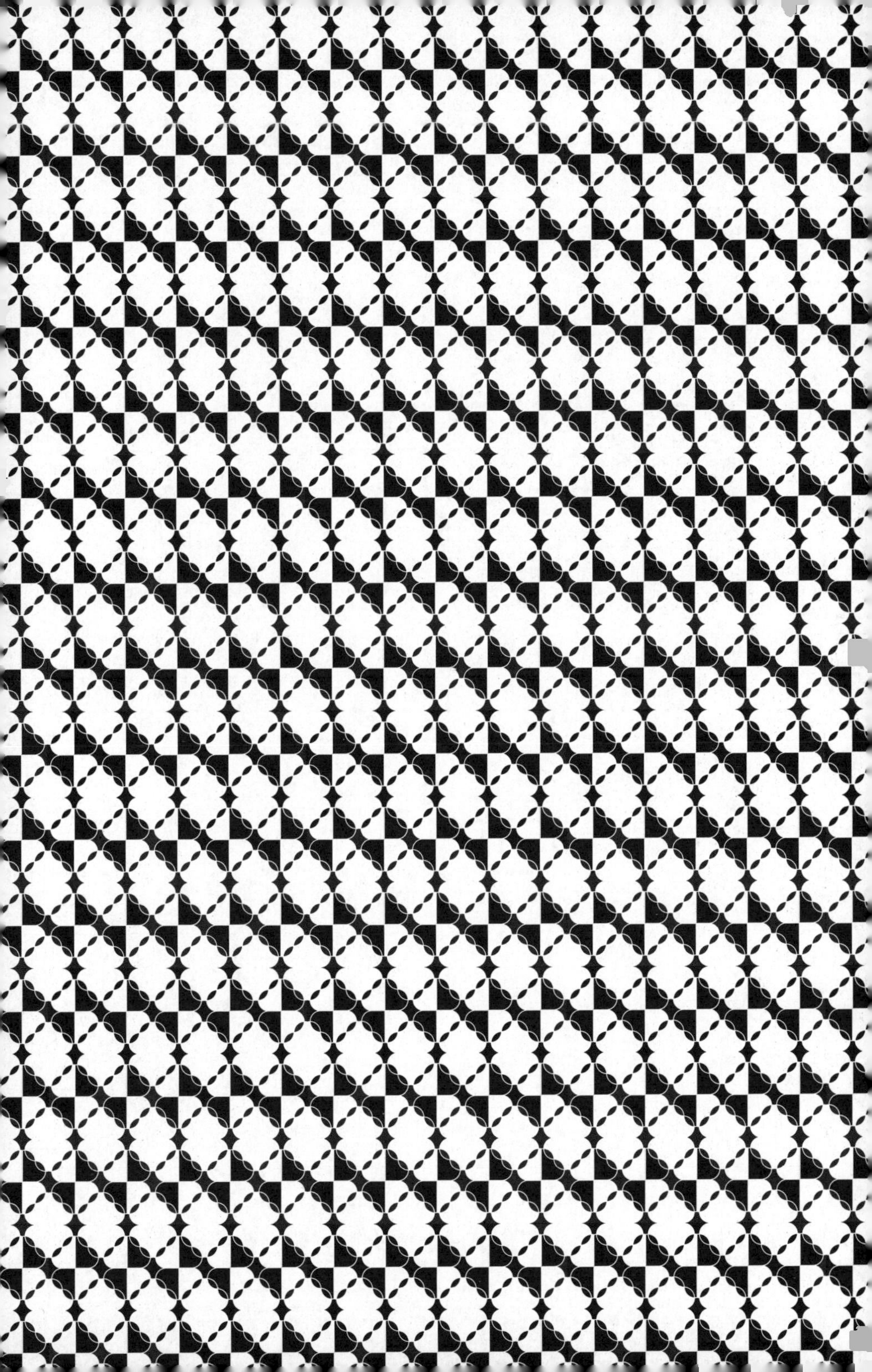

El rey
del chorizo

EL REY DEL CHORIZO

JAVIER JIMÉNEZ CUADROS

PLASSON & BARTLEBOOM

PRIMERA EDICIÓN: octubre de 2025

Calle Aldea del Fresno 29, 6ºD
28045 Madrid

ISBN: 978-84-10483-28-6
DEPÓSITO LEGAL: M-19331-2025
CÓDIGO BIC: FA
DISEÑO DE COLECCIÓN: Daniel Mira
IMAGEN DE CUBIERTA: Mark Menjívar
MAQUETACIÓN: María O'Shea
CORRECCIÓN: Estela Gómez y Daniela Forero
IMPRESIÓN: Kadmos

El papel utilizado para la impresión de este libro ha sido fabricado a partir de madera procedente de bosques y plantaciones tratados con los más altos estándares de sostenibilidad, lo que garantiza una gestión de los recursos responsable con el medio ambiente y las personas.

IMPRESO EN ESPAÑA - PRINTED IN SPAIN

A Irene,
que me robó un libro,
me regaló el mundo
y sigue esquivando conmigo los bordillos de la vida

Así que apenas puedo recordar
qué fue de varios años de mi vida,
o adónde iba cuando desperté
y no me encontré solo.

JAIME GIL DE BIEDMA

Si tuviera tiempo, aprendería a pertenecer
y a quedarme.

YOLANDA SEGURA

Que siempre es tarde, siempre, para volver a casa.

JAVIER EGEA

UNO

Los grillos no saben nadar, pero a veces lo olvidan. A veces se los ve correr en el borde de una piscina o cerca de un charco o por el balate de una acequia. A veces saltan al agua y, justo cuando la tocan, empiezan a moverse como si estuvieran endemoniados. Luchan con todas sus fuerzas, se revuelven y tratan de seguir respirando, de seguir viviendo; de no extraviar, entre todo ese caos de agua y espuma, el finísimo hilo que los mantiene con vida. Lo he visto en internet muchas veces y no lo recomiendo. Es extraño, es desagradable, no tiene sentido. Al menos, a esa altura del vídeo.

Porque, acto seguido, mientras el grillo agoniza, mientras mueve sus patas de forma errática y exhala su último aliento, un gusano empieza a salir por la parte final de su tracto digestivo. Es decir, no hablamos de un despiste: la historia se complica, es más compleja de lo que parece. Siempre es más compleja de lo que parece.

Veréis: antes de que todo esto ocurriera, tuvieron que pasar muchas cosas. Tuvo que pasar la lluvia, el charco y la temperatura exacta; que un gusano adulto pusiera huevos en el agua, que esos huevos eclosionaran en larvas y que esas larvas acabaran siendo la comida de un puñado de mosquitos. Tuvo que pasar que los mosquitos fueran mosquitos, que revolotearan, que se emborracharan con el néctar de las flores y que, cuando menos lo esperaran, agazapado tras una planta, les acechara un grillo. Nuestro grillo. Y tuvo que quedar al menos una larva, que creciera y creciera, que terminara por convertirse en un gusano. Uno que superara con facilidad los diez centímetros de largo. Uno que parasitara al grillo hasta que en algún momento empezara a encontrarse cansado y torpe, consumido sin saber muy bien por qué. Raro, extraño, ido.

Tuvo que pasar todo eso para que, apenas un rato después, cuando el gusano madurara y su reloj biológico le dijera que era hora de reproducirse, un chorro de proteínas empezara a interactuar con la maquinaria neurofisiológica del grillo y el insecto empezara a sentirse perdido, desorientado. Y, justo entonces, en su peor momento, cuando ya no sabía ni quién era, ni por qué estaba donde estaba… escuchara una voz que le decía que, en realidad, sí que sabía nadar.

Pienso mucho sobre esto. Sobre la libertad, sobre el sentido de la vida, sobre si los ingleses tendrán un gusano de esos metido por el culo.

A ver, reflexionemos: ¿qué otra explicación lógica se puede encontrar para que haya gente que viva en este cubo para las goteras que algún promotor inmobiliario desesperado decidió llamar «país»? ¿Por qué si no setenta millones de personas iban a desarrollar una obsesión tan absurda y patológica por la meteorología? Es más, ¿qué otro motivo convincente puede haber para que un ser humano adulto considere razonable decir «oh, qué día tan maravilloso» si están cayendo sesenta litros por metro cuadrado? Solo uno: el gusano.

—¿Qué hora es?

—Mira, Costas, haz el favor de no tocarme los cojones.

Estábamos en el Forrester, sentados junto a la única cristalera que daba al mercado. Solo había una razón para permanecer allí a esas horas de la mañana: que estaba lloviendo, que llovía muchísimo. Dos árboles nos tapaban la vista directa, pero no había duda. El mercado parecía un campo de arroz, la Manga del Mar Menor, la plaza esa de Venecia cuando viene marea alta. Llovía a morir y el Griego me acababa de preguntar la hora. No habían pasado ni dos minutos desde la última vez que la había preguntado. Sí, podría parecer impaciencia, desesperación o demencia senil, pero eso es porque aún no conocéis al Griego.

—Dicen que esta tarde mejorará un poco —dijo Nell, porque era un cielo, detrás de la barra.

—Lo mismo que dijeron ayer y mira —respondió Costas antes de que me levantara y le gritara que lo que él quería era que me diera una embolia.

Y al verme allí de pie, con todos mirando, me fui al baño para no reconocer que me sacaba de mis casillas. No tenía ninguna gana, claro. Lo que quería era irme: alejarme del pub, de la ventana, de la plaza del mercado y de sus dos dedos de agua. Pero en ese momento entraba Bertotti, empapado y sonriendo. ¡Sonriendo! «Las suaves lluvias de abril, Spiky», me dijo cuando nos cruzamos.

¿Veis lo que digo? ¿¡Qué suaves ni qué niño muerto!? Pero si ni siquiera estábamos en abril... Están enfermos. Es la única explicación. Al principio no reparas en ello porque estás a otras cosas. Llegas al país y te ciegan los autobuses de dos pisos, las cabinas coloradas y el hecho de que tengan moqueta hasta en el cielo de boca. Ves a la gente y piensas que sí, que hacen cola incluso cuando están solos en la parada del autobús, pero en general parecen adultos funcionales.

Lo que pasa es que luego, un día cualquiera, caes en la cuenta de que siempre están sorprendiéndose por el tiempo. Y seamos sinceros: no hay nada llamativo, ni fascinante ni memorable en la meteorología de Inglaterra. Nada. Absolutamente nada. No hay monzones, ni estaciones secas. No hay rastro de huracanes, ni de grandes nevadas: es la normalidad más gris y anodina que te puedes echar a la cara. De hecho, ni siquiera llueve mucho. Desengañémonos. Es un mito, un bulo, un estereotipo. En Londres, cada año, cae más o menos la misma cantidad de agua que en Madrid. Es verdad que llueve muchas veces, pero eso sólo refuerza mi argumento.

Porque si vives en un país capaz de comprimir en veinticuatro horas todas las estaciones del año, donde llueve doce veces al día, donde el sol dura lo que el ámbar en los semáforos (y se repite las mismas veces) o donde la niebla es una parte más del mobiliario urbano, no puedes estar siempre sorprendiéndote de ello. «Oh, llueve», dices. Pues claro que llueve. Lo raro sería que no lloviera.

Donde se ve realmente que hay algo que falla es en que, inmersos en ese mundo de ilusión en el que el décimo calabobos el día es una noticia de última hora, cuando llueve de verdad se bloquean. No saben qué hacer, ni qué decir; se ponen nerviosos, balbucean y acaban pronunciando frases como «las suaves lluvias de abril». Aunque no estuviéramos en abril ni hubiera manera humana de defender que eso que caía ahí fuera suave.

Unos meses antes de aquello, no sé si allí en el pub o en el mercado, alguien me explicó que en realidad a los ingleses no les interesaba el tiempo. Que sobreactuaban, que fingían interesarse, que exageraban porque en el fondo toda esa obsesión por la lluvia, el frío o la niebla va de que al británico medio le cuesta iniciar una conversación más que a los guardias de la Reina. La meteorología era, aunque nos costase verlo, el lenguaje inglés de la intimidad. Al fin y al cabo, hablamos de gente capaz de sentarse cada día a tu lado durante hora y media en el autobús y no hacerte ni un gesto con la cabeza, porque ese gesto podría llevar a una mueca y la mueca a una sonrisa y la sonrisa a un «*hello*» y el «*hello*», Dios no lo quiera, a una conversación de cortesía y totalmente insustancial. Y no, eso en Inglaterra sí que es una línea roja.

A mí me gustó esa explicación, pero el Griego, en su maldito afán de llevar la contraria, dijo que no era necesario recurrir a explicaciones psicológicas cuando hay un motivo (y uno muy bueno) para explicar por qué los ingleses están obsesionados con la meteorología: que el tiempo británico es pequeño, peludo y suave; que hace que te confíes y te confías y, cuando menos te lo esperas, resulta que es un completo hijo de la gran puta. Este tiempo, decía con cara de estar viendo todos los frisos del Partenón, es inglés al fin y al cabo.

Lo que más odiaba de días como ese era tener que darle la razón al Griego.

—¿Qué le pasa a este? —preguntó Bertotti cuando le bufé y seguí mi camino al baño maldiciendo en arameo.

—Eso, cuenta, cuenta —pidió Nell en cuanto se cerró la puerta del baño.

No lo dijo muy fuerte: lo suficiente para que todos lo escucharan, sí; pero no tanto como para que nadie pensara que estaba siendo indiscreta. Que lo escuchara yo daba un poco igual. Las paredes del Forrester siempre han sido de cartón piedra, y no de uno especialmente bueno.

—No lo tengo confirmado —empezó a decir Costas—, pero mi teoría es que de pequeño se le resbaló a su madre y se dio con la barandilla de la cuna o con el borde de la bañera.

—¡¿Que qué le pasa hoy?!

—Le pasa que hoy es la cita. Bueno, era.

—¿Era?

—La cita es hoy, pero hace un rato lo ha llamado. Y entre que estábamos recogiendo a toda prisa y que ella no parecía tener cobertura, le ha mandado un mensaje diciéndole que en cuanto pudiera le llamaba, que era por la cita.

—Pobre, con la ilusión que le hacía —dijo Nell.

—Y la falta que le hace —dijo Bertotti.

—¡La falta que nos hace a todos! —Este fue el Griego—. ¿No le habéis visto la cara últimamente? Como no eche un buen...

—Costas, por favor —lo interrumpió Nell.

—¿Sois conscientes de que os estoy escuchando? —grité. Los cabrones se reían. Claro que eran conscientes.

—¿De verdad no pensáis que vaya a mejorar? —Salió al paso Nell.

—Ni idea —respondió Bertotti—, pero está cayendo una buena. Mientras guardaba los libros en el almacén dijo la radio que con la lluvia se ha interrumpido hasta el tren.

—¿Te pido una tila? —El Griego alzó la voz.

Y no me hubiera venido mal. Sobre todo porque allí, con los pantalones por los tobillos y la moral a la misma altura, empezó a sonar mi teléfono móvil. El mismo que me había dejado colgado en la silla, dentro del chaquetón.

—¿Lo estás escuchando? —volvió a gritar el Griego.

—Claro que lo estoy escuchando, en este baño se escucha todo. ¿Quién es?

—Espera. —Escuché cómo movía la silla y unos segundos más tarde—: ¿Lo-la? ¿Se dice así? ¿Lo cojo? ¿Qué le digo?

Os lo podéis imaginar: salté de la taza, me subí los pantalones e intenté abrir el pestillo con los dedos hechos un pudin de mantequilla. «No, no, tranquilo. Lo cojo yo», salí del baño a toda prisa, cogí el móvil, miré la pantalla, lo miré a la cara y me cagué en todos sus muertos. Él se rio y les explicó a Nell, a Bertotti y al que quisiera escuchar lo nervioso que estaba. Como si hiciera falta.

Pero dije la palabra mágica («¡García!») y el Griego pasó inmediatamente a su otro gran tema de conversación: que Spiky era un desastre con patas, que enfocaba las ventas como el puto culo, que el puesto estaba completamente desaprovechado y supongo que media docena más de chorradas que pensaría de verdad, pero solo decía cuando quería sacarme de mis casillas. Digo que lo supongo porque yo, la verdad, no tenía el cuerpo para tanta tontería. Me puse el chaquetón y salí a la calle buscando la furgoneta de reparto.

La llamada no debía tener mucho misterio: García es uno de los pocos distribuidores de productos españoles de la zona y yo estaba esperando un pedido. Le pregunté que dónde estaba, le conté que con la lluvia nos habíamos refugiado y su respuesta puede resumirse en que me iba a joder de lo lindo.

García me llamaba para contarme que estaba todo inundado y que no solo no me iba a traer el pedido ese día, sino que teniendo en cuenta el caos que era media Inglaterra, no sabía cuándo podría entregarlo. Como el negocio no iba muy bien y el género había que pagarlo al contado, perder una entrega era casi equivalente a quedarme sin nada que vender. Me paré en seco en mitad de la calle y me di la vuelta: no había nada que recoger. Como no tenía ganas de entrar al pub de nuevo, pero el agua empezaba a calarme, me refugié en el techadillo de la entrada. Tomé aire y procedí a maldecir a toda la estirpe de García de la forma más exhaustiva que pude.

Porque claro que estoy viendo la que está cayendo, le dije a voces, pero ¿qué coño quieres que haga? ¿Es culpa mía? No, no es culpa mía, pero el marrón sí que es mío, ¿verdad? Claro que sí. Porque yo también tengo pedidos, ¿sabes? Eventos, caterings... Cosas, García, coño: COSAS. Pero sí, vale, qué remedio me queda. Sólo te voy a pedir un favor, le dije, si es que es posible.

—Te voy a pedir que te vayas a la mierda y no tengas prisa en volver. Sí, sí. Y cuando te preguntes por qué la gente deja de comprarte, acuérdate de esto.

En algún momento de esa conversación, como me llevaban los demonios y el techadillo cubría lo justo, había entrado en el Forrester de nuevo. Por eso, cuando colgué de golpe y seguí insultando a García, levanté la mirada avergonzado por el espectáculo que debía de estar dando. Pero, en realidad, nadie me miraba. El Griego seguía hablando, pero nadie lo miraba a él tampoco. Nadie lo estaba escuchando. Ni Nell, ni Bertotti, nadie. Tenían un máster en no escucharlo. Es más, lo tenían en no escucharlo sin que se notara. Sin que lo notara Costas. Tenían años de práctica: asentían, miraban, sostenían el hilo de la conversación con dos dedos para que no se cayera en un descuido y, de vez en cuando, sonreían en respuesta al tono de voz del Griego. Hacían todo eso, pero la cabeza la tenían vete tú a saber en qué sitio. En el crucigrama del periódico, en si sustituir una llave de cerveza o en si seguiría lloviendo el fin de semana. Era fascinante verlo.

—El problema es que el chaval se piensa que lo que vende son chorizos, ¡chorizos! —Fue lo primero que le entendí, no pude evitar poner los ojos en blanco.

—¿Pero cómo no me van a comprar chorizos? ¿Es que vendo frigoríficos y no me he enterado? ¿Soy visitador médico? ¿Marchante de arte? ¿Comercial de esas máquinas japonesas que hay para sexar pollos? Lo que hay que escuchar, tío. ¡Claro que me compran chorizos! Si es siempre lo mismo…

Siempre igual. Exactamente igual. Se plantaban delante del puesto con cara de estar resolviendo una ecuación de tercer grado y, tras unos minutos, me miraban y me decían «¿Choritso?». Y yo les explicaba que sí. Bueno, que no: que de todo lo que había, sólo dos eran chorizos (el dulce que no era dulce y el picante que sí picaba), el resto eran otros embutidos (salchichón, morcilla seca, fuet), quesos, bebidas o legumbres (arroz bomba, fabes, lentejas pardinas o garbanzos de Pedrosillo). Y galletas y pipas y tomate frito. Entonces ya no me miraban desorientados. Me miraban con desconfianza, a la defensiva. Como si los estuviera engañando.

Y yo me reía y les repetía que «chorizo», lo que se dice «chorizo», son «solo ese y este». Carne de cerdo y ajo y pimentón. Alguno lleva más especias, alguno lleva muchísimas especias; pero lo sustancial era: cerdo, ajo y pimentón. Mezclar, embutir y dejar secar, sí. Pero quédese con esta palabra: «pimentón». El salchichón, en cambio, era cerdo, grasa y sal. Sin más: sólo eso, ¡todo eso! Y lo repetía quince o veinte veces cada mañana, ¿cómo que no vendía chorizo si es lo único que hacía?

—¿De verdad piensas que un viejo como yo, que tiene un hijo divorciado durmiendo en el sofá y cuatro nietos comiendo en casa al menos tres días por semana, puede mantenerse vendiendo aceitunas? —me cortó el Griego.

Yo no iba a dar mi brazo a torcer. No sólo porque no tenía razón, sino porque, además, era ridículo.

—Por el amor de Dios, Costas, que he visto tu coche. Que es una lata que matriculaste cuando la Reina estaba terminando el bachillerato y cualquiera que te escuche hablar se pensaría que eres el dueño del Chelsea.

Y él empezó a reírse y a decirme que no me enteraba. Que era increíble que fuera tan listo para algunas cosas y tan tonto para otras. Que les hablara del cerdo y de la grasa y de la sal, sí; pero que les dijera que el chorizo era una «ida y vuelta». Diles que no se descubrió América en 1492, Spiky, ni la descubrieron los vikingos quinientos años antes en el norte de Terranova. Diles que esos no fueron momentos estelares, que nada de eso cambió el mundo de arriba a abajo: diles que fueron tropiezos. América (y ojo a esto porque esta es la mercancía que les encanta a los ingleses) no se descubrió en las Bahamas, se descubrió en un valle de Exmetra... Extremed...

—Extremadura —le dije. Tenía delito que fuera capaz de decir Papadopoulos y no Extremadura.

—¡Eso! ¡Extremadura! América se descubrió el día en que un fraile plantó chiles en la huerta de un convento.

—¿Cómo es posible que sepas todo eso?

—Pues culturilla general, Spiky. Te piensas que soy un trasto viejo, un pobre hombre; pero este vejestorio sabe muy bien de lo que habla.

—Se lo han mirado sus nietos por internet —dijo Bertotti sin apartar la vista del crucigrama.

—Me lo han mirado mis nietos en internet, pero eso no es el tema. El tema es que no te están comprando un puñetero chorizo, ¡te están comprando una historia! ¡Hay gente que coge y se va una semanita a la playa en... no sé, Salamanca. Pues otros se compran un salchichón de Salamanca. Son de Salamanca, ¿no? Juega con el exotismo, con el orientalismo: eso somos nosotros, vosotros y todo lo que hay más allá del canal de la Mancha, orientales de mierda.

—El desayuno, Costas —le dije—, que se te va a enfriar. Tampoco te veo a ti vestido de Derviche para vender aceitunas.

—Te duele, eh, ¿veis cómo le duele? Porque sabe que es verdad. Es más, si no quieres hablar de Historia, pues no hables. Será por formas de hacerlo. Háblales de autenticidad, de los bocadillos en el patio del colegio, de las charlas de amigos picando queso sobre una tabla. Háblales de felicidad cortada en rodajas.

El Griego siguió hablando. Eso era lo que más le gustaba hacer: hablar, hablar y hablar. Hubiera sido capaz de plantarse frente a Jesucristo en el Gólgota y ponerse a criticar su estrategia de marketing. Así que hice lo único que se podía hacer en esas circunstancias: dejar de escucharlo. Dejar de escucharlo y reírme por dentro. Porque Costas podría instruirme sobre todas las cosas que yo no sabía (y eran muchas, según él, tantas que la lista entera tendría dieciocho tomos y otro de actualización cada dos años), pero había algo que ni sabía ni podía intuir: que no me gustaba el chorizo.

No lo odiaba ni nada parecido. Sencillamente no estábamos hechos el uno para el otro. Y, como sabía que podía sonar raro en alguien que, en fin, se dedicaba a vender chorizo (y a alimentarse de todo lo que no podía vender), no lo decía. Pero eso no quitaba que todo aquello fuera una victoria: Costas y el resto creían que había algo así como mariposas con alas de chorizo pamplonica revoloteándome en el estómago. ¿Era o no era un buen vendedor?

El Griego, por supuesto, seguía hablando.

—Pero vamos a ver, Costas. —Nell intentó sacarlo del bucle—. Si acaba de decir que tiene eventos, caterings, clientes...

Buen intento, pensé; pero no iba a ser tan fácil. El Griego primero se sonrió, luego empezó a reírse muy bajito y casi se cae de la silla del brote de risa. Las carcajadas eran tan escandalosas y a la vez tan genuinas que la gente empezó a girarse para ver qué pasaba. Pero él siguió jaja y jaja durante lo que me parecieron veinte minutos, aunque seguramente no fueron más de treinta segundos. Estoy convencido de que hasta se le saltaron las lágrimas. Y, cuando se calmó, miró a Nell y dijo:

—Ah, pero ¿es que a ti te ha engañado? ¡Que va a tener clientes!

Y no, no tenía clientes. No muchos. Desde luego, no los suficientes. Ni clientes, ni dinero ni esperanza. Toda vez que había tenido que aparcar la tesis porque la caja de ahorros que me pagaba la beca había sido desguazada y vendida al mejor postor durante los mejores años de la crisis, mi gran plan B se había convertido en una excelente metáfora de España: una ruina cochambrosa llena de chorizos. El puesto de productos españoles daba lo justo para ir tirando. Un poco menos, de hecho. Llevaba tantos meses estancado que mi optimismo inicial había pasado de un «a ver si aguanto lo suficiente para que se solucione el tema de la beca» a un «a ver cómo de bajo puedo caer antes de asumir que tengo que salir de aquí y volver a España con el rabo entre las piernas».

No tenía clientes, pero, por suerte, tenía otras cosas: veinte kilos más que cuando llegué a Inglaterra y menos pelo y el mismo acento de mierda con el que me había ganado a pulso el apodo de Spiky. También tenía un puñado de buenos amigos, a la gente del mercado (que me había adoptado casi como uno de ellos), una casa baratísima cerca del trabajo y una excusa para quedarme en Northampton. Tenía todo eso y, además, por primera vez en ya ni recuerdo cuánto tiempo, tenía una cita.

No iba a dejar que el Griego me jodiera eso. Tenía. Una. Cita. Era «a ciegas», sí; pero tenía buenas sensaciones. Me la había concertado Woodhouse, un cliente sesentón y afable que daba clases de Estudios ibéricos en la Universidad de Rummidge a quien le encantaba todo lo que tuviera que ver con lo español. La chica tenía el pelo rizado y negro y los ojos verdes y veintitantos años. Era catalana, de Manresa. «Muy catalana». «Tan catalana», me dijo, riéndose, «que su abuela era andaluza». Ya teníamos algo en común.

Se la presentaron por casualidad. No eran del mismo departamento y ni siquiera trabajaba en uno cercano. Pero cuando el jefe de ella pidió voluntarios para ayudar a controlar exámenes, le pareció gracioso ir al de Literatura catalana: allí conoció a Woodhouse. Hablaron de Cataluña, de Rodoreda y Calders, de Papasseit y Amargòs, de que él pasaba los octubres en Vorablau, de la tesis en la que trabajaba ella, del té, las *bacon cakes* y la lluvia en Inglaterra.

Según me explicó Woodhouse, era simpática y muy interesante; «una muchacha deliciosa». Y, mientras hablaban de todo eso, se le encendió la bombilla y se dio cuenta de que esa chica «necesitaba a alguien como yo». Reconozco que en aquel momento me pareció excesivo lo de «necesitar»; un poco rancio, incluso. Pero tras una pequeña búsqueda por internet y tras echar un vistazo a sus perfiles de redes sociales se me pasaron los reparos. Si a ella le parecía bien que quedáramos, yo podía hacer el esfuerzo de convencer al Griego para que me cubriera durante un rato.

No es que convencer al Griego fuera complicado: yo lo cubría muchas veces cuando tenía que ir al médico o a hacer algún recado. Me debía más de un favor. Lo complicado era convencerlo sin exponerme demasiado. Porque tú lo veías sentado, con su camisa de cuadros marrones, su gorra y su sonrisa como de chocolate con churros un domingo por la tarde y te parecía el viejo más entrañable y tranquilo del mundo. Pero, en realidad, lo que tenías delante era un monstruoso agujero negro que se alimentaba solo a base de chismorreos, rumores y aceitunas. O, mejor dicho, un agujero de gusano: en cuanto un cotilleo llegaba a sus oídos, ese mismo chisme aparecía en una veintena de sitios a un kilómetro a la redonda. Era inmediato, formidable. Admirable, incluso. Pero no me apetecía. Ya conocía a la gente del mercado y sabía lo que significaba caer en la trampa del Griego.

Y esto ni siquiera es una crítica. Vale que a menudo era insufrible, que hablaba por los codos, que se repetía constantemente y que se podía pasar horas predicando sobre las dinámicas comerciales de los puestos ambulantes en la Inglaterra contemporánea mientras yo aguantaba estoicamente a que dejara de llover en el mercado, pero le había cogido cariño. Lo que ocurre es que a veces a uno le apetece guardarse algo para uno mismo sin que aparezcan cincuenta tenderos y tenderas a comentar la jugada.

Pero tenía una cita y, para qué vamos a engañarnos, estaba dispuesto a asumir el precio que había que pagar. La cita era una de las pocas novedades agradables que había experimentado en lo que llevaba de año. De un tiempo (y con esos veinte kilos extra) a esta parte, tenía la sensación de que sólo atraía a las mujeres por la fuerza de la gravedad.

No me entendáis mal, era mucho más que una cuestión de peso. Ni mi ánimo (por la vida, la beca, las finanzas del puesto, el tiempo atmosférico en general) ni mi aspecto físico (peligrosamente lechoso, poquita cosa, el pelillo castaño-casi-rubio y unos ojitos claros de pitiminí) ayudaban demasiado. En España podía tener un punto exótico, en Inglaterra era un guiri indistinguible de otros cien mil guiris. Un guiri triste, además.

El caso es que Woodhouse le había enseñado el perfil de Facebook del puesto (es decir: me había visto) y le había explicado mi historia: que había ido a Inglaterra para hacer la tesis como ella, pero que ahora me había reconvertido en un pequeño empresario. También me pareció excesivo (¡empresario!), pero había surtido efecto. Tenía una cita. No sé si lo había dicho. Una que cualquiera habría dado por perdida (o, con suerte, «pendiente de reprogramación») tras la llamada de esa mañana, pero a la que me iba a agarrar como a un clavo ardiendo. El Griego seguía hablando, claro que seguía hablando.

Y entonces me sonó el móvil (un mensaje) y el pub se quedó en silencio y todos me miraron. Rebusqué en el bolsillo de la chaqueta hasta encontrar el teléfono, cogí aire. El corazón me bombeaba en las orejas. «Léelo tú, Costas». Y le lancé el móvil y pensé que lo que me faltaba en ese momento era cargármelo por estar haciendo el gilipollas. Pero el Griego fue rapidísimo. Nunca dejaba de sorprenderme: sólo estaba viejo para lo que le interesaba.

—Vamos a ver... —Lo de tomarse todo el tiempo del mundo fue deliberado.

—No está la cosa como para que me toques los...

—... los cojones. Sí, ya. Los españoles y los cojo...

—De verdad te lo digo, Costas.

Sonrió, desbloqueó el teléfono, leyó mensaje, le cambió la cara y me lo lanzó de nuevo.

—¿Es Lol...? ¿Qué?

Era un mensaje de la Administración del Mercado. Me convocaban a la oficina del encargado esa misma mañana. En cuanto pudiera. No era algo normal, pero tampoco acababa de entender por qué el Griego se había puesto pálido. Es verdad que si te tenían que decir algo, bueno o malo, se pasaban a primera hora y te lo comentaban. Nada de mensajes.

Yo aún no lo sabía, pero en los últimos cinco o seis años sólo tres personas habían sido convocadas a la oficina de esta manera: sin más, con un mensaje, en el mismo día. Las tres habían terminado de la misma forma: fuera del mercado.

No tengo muy claro cuánto tiempo estuve leyendo las mismas quince palabras, como tampoco tengo muy claro qué era lo que no acaba de encajarme. Imagino que fue el hecho de que, tras decir el Griego lo que era, el clima del Forrester cambió. La lluvia, fuera, había bajado de intensidad y estoy convencido de que el sol se coló entre las nubes, pero dentro no se notaba. Me tranquilizaron, me dijeron que respirara con calma, que seguro que no era nada. Y yo sólo pude responder con la verdad: que no tenía ni idea de por qué se ponían así. Yo no había hecho nada malo, me sabía el manual de normas casi palabra por palabra y pagaba religiosamente aunque eso conllevara no comer durante un par de días. ¿Qué me iba a pasar?

«Nada, nada», me decían. Pero nadie parecía muy convencido y yo menos que nadie. Empecé a agobiarme y dije que iba a la oficina. Mientras se cerraba la puerta sólo pude escuchar cómo Nell preguntaba en voz alta qué estaba pasando.

Iba dejando de llover, o eso parecía. Crucé Abington St. y atravesé la plaza encharcada, las carpas vacías, los adoquines rojos. Me vi (qué hija de puta es la memoria) llegando el primer día a aquel lugar, con el miedo en el cuerpo, vi al Griego enseñándome «todo lo que debía saber sobre el mercado» y a Bertotti contándonos lo que le pasaría a la Tierra si el Sol desapareciera de repente.

Llegué a la oficina y me di cuenta de que nunca había estado dentro. Tampoco podía decirse que eso fuera algo extraño: lo llamábamos oficina, pero era un remolque grande o una caseta de obra con ruedas. Era blanca, jovial; estaba vinilada con grandes fotos de frutas y verduras y llevaba un enorme corazón con las palabras «Love Northampton Market». Por eso, lo primero que me llamó la atención fue que por dentro el sitio pareciera mucho más grande, más gris y más agresivo de lo que me habría imaginado. Saludé y expliqué que había recibido un mensaje mientras me dirigía hacia la zona de oficinas.

—No hay nadie. Es sólo para darte esto. —La recepcionista lucía una sonrisa fantástica, pero ni siquiera me miró.

Era una carta. Una citación para acudir a la Comisión del Mercado del West Northamptonshire Council un par de días después. Allí se tomaban todas las decisiones que no fueran administrativas. Eran los que manejaban el cotarro.

Además de eso, la carta no decía nada de nada. Ni por qué me convocaban, ni para qué, ni qué podía pasar. La recepcionista me dijo que ella no sabía nada y que no creía que el encargado supiera mucho más. Yo, como podéis imaginaros, estaba cada vez más nervioso.

Fuera seguía lloviendo, pero al menos había dejado de diluviar y eso significaba que la vida estaba de vuelta. Los tenderos habían empezado a volver a la plaza y ni Costas ni Bertotti habían perdido el tiempo. Ya había un pequeño corrillo esperándome en mi carpa para preguntarme qué había pasado, qué había hecho, qué iba a ser ahora de mi vida. Esperaba que alguien me tranquilizara y me sacara de dudas, pero las caras con las que recibieron la explicación de que me habían convocado ante el consejo no hicieron sino preocuparme más. Dijeron que ese era siempre el guion: te convocaban allí, te exponían el problema, dejaban que te explicaras y te mandaban a tu casa.

—Madre mía, igual os estás precipitando, ¿no? —Nell había dejado el pub para ver qué pasaba— Aún es posible que haya algún tipo de confusión.

—Di que sí —Bertotti empujaba su carro de libros usados—, la esperanza es lo último que se pierde...

—... pero la Comisión no ha dado la razón a un tendero desde 1972 —remató el Griego.

Puf. Recogí mi carro del pequeño almacén donde nos dejaban meter las cosas en situaciones de diluvio universal y volví a mi puesto. Monté la mesa, la llené con las pocas cosas que tenía y, pese a que el mercado se iba animando y la gente empezaba a pasear entre los puestos, yo apenas podía disimular. Disimular que no estaba dándome cuenta de cómo me miraban los demás tenderos, de cómo cuchicheaban entre ellos, de cómo se preparaban mentalmente para un sepelio que, como decía Nell, esperaba que fuera precipitado.

Me di cuenta de que no podía esperar mucho más. Sentado en mi silleta de playa, comprendí que detrás de los chascarrillos, los chismes, las peleas por tonterías, las anécdotas repetidas cien mil veces, los piques, los códigos y las preocupaciones infinitas, aquella pobre gente no era más que un puñado de personajes disfuncionales: asustados, entrometidos y llenos de fantasmas. Vaya, que eran mi familia.

«¿De verdad que ha acabado todo?», dije muy bajito, para oír cómo sonaban esas palabras que me rebotaban en la cabeza. Y sonaban mal. Sonaban fatal. Bebí agua, busqué un chicle, miré el móvil. Tenía un mensaje desde hacía al menos media hora. «Perdona. Volvía de Birmingham y nos han bajado del tren a mitad de camino. Por las lluvias. Ya vamos en el bus, pero va a ser imposible llegar a tiempo ¿Te parece si nos vemos mañana? ¿En el mismo sitio?». Sonreí un poco, creo. Todo se iba a la mierda, pero yo al menos tenía una cita.

DOS

Si esto fuera una historia de amor, una de esas comedias románticas que echan los sábados por la tarde, ese día, el día de la cita, habría amanecido espléndido, luminoso, tan azul como la camiseta del Birmingham. Habrían vuelto los vencejos, olería a café recién hecho y, al poner en la radio la cadena española, sonarían canciones de los Panchos y de Joaquín Sabina.

El agua de la ducha tendría la temperatura exacta, la tetera funcionaría a la primera y la gente de García me mandaría un mensaje diciéndome que estaban a punto de entregarme el pedido. Por desgracia, eso fue exactamente lo que pasó.

El problema fue que no vi el mensaje hasta que, veinte o treinta minutos después, me llamó el repartidor para decirme que no me encontraba. Dejé la taza de café a medias, el porridge sin tocar, me puse lo primero que encontré y salí de casa para llegar cuanto antes al mercado. Eran cinco minutos. Menos de un año antes habría sido hora y media. No podía quejarme, aunque la situación actual también tuviera sus retos. Trasladar un carro lleno hasta los topes con cajas de porexpán, banderitas españolas, táperes con muestras por si algún cliente quería probar, tablas de exposición, manteles, libros de registro (y algunos de consulta), la silleta de playa, la mesa, la radio, el corcho que usaba como «tablón de anuncios para españoles e hispanófilos» y un montón de tonterías más tampoco era fácil. Y menos aún trasladarlo por la calle más concurrida de la ciudad.

De hecho, raro era el día en que no atropellab...

—¿Se puede saber qué coño haces, Spiky? —me gritó Gloria, justo tras pasarle el carro por encima del pie—. Lo que me faltaba es que me dejes coja hoy que tengo noche.

Lo de Gloria era curioso. Era sevillana, enfermera y se movía más que un saco de lagartijas, pero nada de eso es raro. Lo extraño es que deberíamos habernos conocido quince años antes (los dos teníamos la misma edad, veraneábamos en los intiyanes de Almuñécar y compartíamos media docena de colegas), pero nunca nos habíamos cruzado. Estoy dispuesto a jurar que ni siquiera la había visto nunca, y eso era inexplicable: en los veranos de nuestros trece, catorce o quince yo me habría enamorado hasta las trancas de ella (en esa época yo me pillaba como un tonto de todas las chicas que me hacían reír). En el verano de nuestros dieciséis, Gloria tenía una barriga enorme (se quedó preñada de un Erasmus al que se le acabó la beca en cuanto se enteró de que habían encargado a Conchita) y era comidilla de todo el pueblo. Ya sabéis cómo es la gente. En los veranos de nuestros diecisiete, dieciocho o diecinueve debía de ser esa chica jovencísima que iba siempre con un bebé a todos lados. En ninguno de esos veranos reparé en ella, ni ella en el mediomoco con pinta de guiri y acento más bien cerrado que por entonces era yo.

Hubo de pasar mucho tiempo y carreras y trabajos de mierda y kilómetros y kilómetros para que nos cruzáramos en las urgencias del hospital de Northampton. Ella de turno y yo vestido de torero y con la pierna como una bota (cabreado como un mono por un broma de los del mercado, tras darle una patada a una caja de fruta). Hicimos buenas migas y me introdujo en el grupillo de españoles que quedaban en el Forrester a ahogar las penas en pintas de cerveza.

Había llegado a Inglaterra más o menos a la vez que yo, harta de tener, en dos años, una fe de vida laboral más larga que la lista de episodios de Arrayán. Su plan era encontrar algo estable y traerse a Conchita. Su único problema era que no conseguía quitarse las guardias ni con agua caliente y tampoco quería tener que dejar a la niña con una *babysitter* tres o cuatro noches cada semana. Así que no es que el plan fuera mal, sencillamente iba con retraso.

—Los de García, que dicen que vienen ahora.

—La madre que te parió. ¿Después del coñazo que nos diste anoche resulta que te traen el pedido hoy?

Efectivamente, la noche anterior les había estado llorando a ella y a Salim por la lluvia, el plantón de García y el retraso de la cita con Lola; no tanto porque esas cosas me preocuparan demasiado, sino porque no quería hablarles de la carta de la Comisión. En el cabreo y las anécdotas estaba seguro, protegido; y tenía la sensación de que mencionar siquiera la carta iba a dejarme sin dormir toda la noche. Si los del mercado tenían razón, no sólo iba a perder un puesto: iba a perder muchas cosas y probablemente ellos eran unas de esas cosas.

Gloria era mi mejor amiga en muchas miles de millas a la redonda y Salim, mi compañero de piso. No estaba preparado para perderlos, y menos ahora que, por mucho que tratase de ocultarlo, sabía que estaban liados. Era muy divertido ver cómo intentaban disimularlo mientras yo me hacía el tonto, intrigado por ver hasta qué punto estarían dispuestos a llegar.

Se conocieron «a través de mí», claro. Las comillas las pongo porque en realidad no fue «gracias» a mí. Fue gracias a que Nell, el Griego, Bertotti y la pandilla del mercado decidieron organizarme una fiesta de cumpleaños. El negocio estaba completamente estancado, no llegaban noticias de la beca y empezaba a sentir que estaba fuera de lugar, así que eso, era justo lo que necesitaba: un detalle que dejase claro que no estaba tan solo como a veces parecía. El único inconveniente fue que se les olvidó invitarme.

Así que, mientras yo pasaba el rato comiéndome una tarta de manzana del McDonald's tras otra, ellos pasaron dos horas charlando en el Forrester, con las mesas llenas de comida y unos gorritos ridículos en la cabeza. El amor ocurre cuando menos te lo esperas. Allí, por ejemplo. De repente, Gloria empezó a mostrar un interés enorme en venir a casa y Salim descubrió que durante toda su vida había querido aprender español. Lo que más me jode es que al principio no me pispé de por qué.

No me di cuenta de nada. Y yo sé que a mí siempre me han faltado diez minutitos de microondas, pero si no llega a ser porque un día me dejé un encargo en casa y me los encontré montándoselo en el salón no me habría dado cuenta. Estaban tan a lo suyo que ni siquiera se percataron de que pasé a su lado, recogí las cuñas de queso manchego del frigorífico y me volví a la plaza echando espumarajos por la boca. Los primeros días, me sentí traicionadísimo. Fue el Griego quien me convenció de aprovechar que ellos no sabían que los acaba de descubrir para echarnos unas risas.

—¿Venías a casa? ¿Has quedado con Salim o algo?

—¿Con Sal...? —Se le empezaron a subir los colores—. ¿Para qué iba a quedar yo con ese a estas horas? Anda, anda, no seas cenizo. Mira qué día hace...

—Eso es lo que me preocupa: no llueve, me van a traer el pedido y hasta el calentador del agua ha funcionado a la primera. A este ritmo, la suerte no me va a durar hasta las once y media.

—¿Las once y...? ¿Hoy es la presentación del libro de Woodhouse? Pensaba que era por la noche...

Ahí no estuvo tan convincente. Si no me había mandado a la mierda después de que le hubiera aplastado el pie fue porque quería alargar la conversación hasta que yo sacara el tema de la cita. Era imposible que se le hubiera olvidado y, por supuesto, nadie se creía que se fuera a confundir con la presentación del libro a la que íbamos en un par de días: la cita con Lola era EL TEMA del mes.

Y eso que yo tenía el corazoncillo de pasta de berenjena: no sé si por deformación profesional o qué, pero siempre he descreído un poco del amor. Horas y horas analizando el comportamiento sexual de las cigarras me habían convencido de que no somos más que sacos de genes tratando de perpetuarse, que todo lo demás es literatura. Pero desde que Woodhouse había organizado el encuentro la veta romántica que tenía escondida en algún sitio de mí se había hecho más y más grande. Enorme. Gigantesca. Elefantiásica. Pantagruélica. Me sorprendía a mí mismo imaginándome de paseo con Lola por el Támesis, cerca de la noria gigante, o haciendo una escapadita de fin de semana a los Costwolds; preguntándome si sería más de dulce o de salado para llevarle el desayuno a la cama; o leyendo páginas sobre Manresa en la Wikipedia. Y ni siquiera la conocía. A Lola, digo. La había visto por internet, en fotos, y había leído algún comentario en un Fotolog que tenía olvidado, pero no sabía sobre ella nada realmente útil para encarar la cita.

No sabíamos si la chica sólo quería un rollo de una noche, si buscaba una relacioncita para los meses que le quedaban en UK o si, quién sabe, en cuanto me viera se daría cuenta de que no era su tipo y se largaría sin mediar palabra.

Pese a eso, mi cabeza imaginaba que la relación iba a más y yo acababa mudándome de vuelta a España; pero no por haber fracasado miserablemente, sino por amor.

Incluso tonteaba con la idea de casarnos, el traje blanco, el arroz, el vivan los novios, la tarta de... Por supuesto, Gloria no ayudaba. Ya digo que parecía más ilusionada ella que yo: hablábamos de Lola como si estuviéramos hablando del amor de mi vida.

Por suerte (en más de un sentido) teníamos a Salim.

—Spiky, frena.

—No seas aguafiestas, Sal.

—No soy aguafiestas. Es que no la conoce: no sabéis nada y ya estáis viendo si os vais de parejitas a la costa.

Todos sabíamos que Salim llevaba razón. No me entendáis mal: objetivamente, la cosa pintaba bien. Woodhouse había hecho su trabajo y el interés parecía genuino. Sin embargo, como decía Salim, «la soledad extiende cheques que la realidad no puede pagar».

—Qué tontería, Salim, ¿qué soledad?

Los tenía a ellos, a la gente del mercado, a los españoles del grupito del pub. Hablaba con España casi todos los días y bla, blablá, blablablá y bla. «Eso», contestó Gloria, y seguimos a lo nuestro. Pero llevaba razón, los tres lo sabíamos y eso era lo que hacía que la cita de las once y media no fuera sólo una cita más.

—Espera un momento, Spiky de los santoscojones, ¿no irás a ir así vestido? —me preguntó Gloria en cuanto me miró bien. Y me reí.

—Claro que no. Voy a recoger el pedido, si me da tiempo vuelvo ahora y, si no, antes de irme para la cita.

Gloria intentó entretenerme, pero al decir eso había recordado que el tipo de García me estaba esperando.

Me despedí y salí lo más rápido que pude hacia la plaza. Maniobrar con aquel carro amarillo cargado de cosas no era nada sencillo. Lo único que jugó a mi favor fue que era un poco más pronto de lo normal y había menos gente en la calle. En el mercado ya estaban la mayoría de puestos montados. Siempre que llegaba lo estaban. La mayoría de tenderos tenían que meter el coche, descargar y luego buscar aparcamiento. Es verdad que el mercado ofrecía descuentos en un parking cercano, pero no había plazas reservadas: si llegabas tarde corrías el riesgo de quedarte sin sitio.

Cuando entré en la plaza, el camión de García no estaba por ningún sitio. Me dirigí a mi carpa y fui saludando a todo el mundo (aunque ellos me seguían mirando como si fuera un enfermo terminal). Cuando estaba casi llegando, el Griego empezó a gritar y se lanzó hacia mí.

—Madre mía del amor hermoso, ¡Bertotti! ¡Scot! ¡Duck! ¡Mary! ¡Alguien! ¡Venid, rápido, corred! Ay, por Dios, ¿un móvil? ¿Alguien tiene un móvil?

—¿Qué pasa, Costas? ¿Qué coño pasa? —Bertotti se alarmó.

—¡Que está sonriendo! ¡Que Spiky está sonriendo! Hay que llamar a la ambulancia.

—Vete a la mierda.

Pero era verdad que estaba sonriendo. Estaba agobiado, no encontraba la furgoneta, temía que finalmente el pedido no llegara. La carta del mercado, los tenderos que me miraban con cara de velatorio. Y, sin embargo, estaba sonriendo.

Pregunté por la gente de García, por si alguien los había visto y, como nadie sabía nada, devolví la llamada al repartidor. Se había ido, tenía mucho retraso acumulado y por lo visto no podía esperarme unos minutos. Me cabreé, claro que me cabreé. Pero respiré aliviado: igual sí que me llegaba la suerte para la cita con Lola.

Eso sí, las tres horas que me esperaban aguantando a un montón de viejos haciendo bromitas sobre que Spiky se había enamorado se me iban a hacer larguísimas. Se me hicieron larguísimas.

—Bueno, a ver, el paparazzi turco, por favor —llamé al Griego cuando el tiempo y mi paciencia empezaron a agotarse—. Todo esto de aquí son quesos. Manchegos. Son de oveja y tienen diferentes curaciones. Todos son fuertes, pero este, el más curado, pica. Un poco, tampoco mucho. Pero pica. Esto es Idiazábal, un queso vasco, ahumado pero muy sutil. No es como esos quesos que te dan un golletazo en el fondo de la boca y te dejan medio tonto, rumiando carbón todo el día. Sutil. Este de aquí... ¿Me estás escuchando?

—Pues claro que no, Spiky. Ni voy a escucharte. —Ya estábamos—. Llevo media vida aquí sentado y casi un año entero escuchándote decir tonterías sobre quesos, embutidos y esa bebida blanca que se parece a un batido de yeso. No me hace falta un doctorado en Oxford para quedarme una hora cuidando del puesto. Estás hablando con un profesional. —Iba a decirle algo sobre que no me extrañaría volver y encontrarme todo en llamas, pero en seguida me cortó la búsqueda de una respuesta ocurrente—. Tú lo que tienes que hacer es ir a cambiarte. No pensarás ir así a la cita, ¿no?

No lo pensaba. Claro que no. Gloria me habría matado. De hecho, cuando le hablé sobre la cita, su primera reacción no fue alegrarse ni preguntarme por Lola. Fue decir que teníamos que ir a comprarme ropa. Así que eso lo tenía controlado. El problema era todo lo demás.

Fui a casa, me cambié y di un paseo más largo de lo necesario hasta la cafetería con la intención de tranquilizarme. Mientras tanto, repasé anécdotas, chistes, respuestas a preguntas comunes y, por supuesto, escuché esa voz que en mi cabeza me decía que la iba a cagar. Tenía la sensación de que bastaba con que Lola fuera agradable para quedarme totalmente colgado y que, justo entonces, cuando estuviera suspendido en el aire con el único sostén de su mirada, metería la pata. Esa siempre ha sido mi especialidad: meterla hasta el corvejón.

Y entonces la vi entrar por la puerta. En 1866, mientras descansaba junto a uno de los ríos del Gunung Matang, al oeste de Sarawak, a Odoardo Beccari le pareció ver algo que flotaba en la otra orilla a unos nueve centímetros del suelo. Beccari era una leyenda de la botánica del momento y había catalogado cientos (quizás miles) de flores por todo el mundo. Sin embargo, aquello no lo había visto nunca. Todo lo que sabía le llevaba a concluir que tenía que ser algún tipo de animal. Los guías nativos, quizás preocupados porque atravesar el cauce en ese lugar era peligroso, insistieron que se trataba de un insecto.

Pero su instinto le decía que aquello era una flor y, al llegar a la otra orilla, confirmó que estaba en lo cierto. La llamó *Thismia neptunis*, la dibujó con todo el detalle que pudo y se anotó el lugar para recoger algunas de ellas esa misma tarde a la vuelta de la expedición. Beccari vivió casi cuarenta años más, pero nunca volvió a ver esa flor. La buscó durante años, regresando una y otra vez al mismo sitio en la misma fecha, acampando durante semanas en la misma orilla del río mientras se lo comían los mosquitos. Todo fue inútil.

Si uno revisa el archivo personal de Beccari en Florencia, puede comprobar que aquella flor lo dejó tocado; puede leer algunas de las descripciones botánicas más bellas que se han escrito. Descripciones que se repiten (siempre iguales, siempre distintas) durante décadas: aparecen en las cartas que escribió esa misma semana de 1866, en los libros que publicó más de diez años más tarde y en los apuntes de clase del final de su vida. Uno las lee y pareciera que Beccari está describiendo algo que tiene delante de sus ojos. De hecho, durante más de un siglo, cientos de investigadores han recorrido palmo a palmo el sudeste asiático con la única evidencia que las palabras de un italiano en mitad de la selva.

Lo más prudente sería concluir que esa flor nunca existió: que fue producto del cansancio, el sol y la humedad, de la excitación del momento y las trampas de la memoria... Pero nadie que lea lo que Beccari escribió sobre ella puede dudar de su existencia.

A eso, algunos lo llaman amor.

Yo no, claro. Yo, siempre que contaba la historia en clase (para explicar lo importante que era documentar todo bien y con detalle), acababa mofándome del italiano, de los investigadores que le han seguido y de las instituciones que los financiaron. Pero entonces la vi entrar por la puerta con esa gabardina color crudo, esos pantalones ceñidos y esos ojos, supe que Beccari llevaba razón. Iba cargada de papeles y, aunque tuve la tentación de levantarme en el momento, me resistí y me hice el ausente. Se suponía que no sabía cómo era. Le había dicho que llevaría un libro (*El paraguas azul*, de Ramona Izaguirre, uno de sus favoritos según había visto en Facebook). Era mejor esperar.

En seguida me reconoció, se presentó, nos dimos dos besos y nos sentamos. Le pregunté qué quería tomar y me acerqué a la barra mientras ella se acomodaba. Qué guapa era. Sé que es poco apropiado decirlo, pero qué guapa era. Es decir, en la foto (en la que había encontrado en internet) estaba increíblemente guapa con el pelo mojado, un bombín inglés, la camiseta de un mochuelo y unos ojos verdes que con solo verlos podías escuchar el mar. Pero así al natural, pese a mi absurda idealización y todas las expectativas de las que hablaba Salim, Lola era sorprendentemente bonita, simpática, inteligente y sexy. Diez segundos me habían bastado para llegar a esa conclusión.

Mientras hacía la cola para pedir y repasaba mentalmente las distintas «aperturas» que había estado ensayando, me sentía como suspendido en una especie de nube. Era una sensación agradabilísima. Tanto que tenía hasta miedo de volverme a mirarla; como si al girarme todo fuera a desvanecerse entre las sombras. Así que no lo hice hasta que no me quedó ya más remedio. Volver a la mesa de espaldas con un café en cada mano hubiera sido demasiado raro.

Y al girarme, allí estaba, apuntando algo en una agenda y mordiendo una patilla de las gafas de la forma más atractiva que pueda haber en el universo. ¿Veis? Es recordarlo y parezco una IA entrenada con capítulos de Anatomía de Grey: sólo decir cursiladas. Dejé el café frente a ella y, mientras intentaba decidirme por alguna de las frases que tenía pensadas luchando contra una voz interior que se reía de cada una de ellas y señalaba lo ridículas que eran, Lola se me adelantó.

—Imagino que Woodhouse te habrá contado algunas cosas sobre mí y lo que hago y tal.

—Sí, claro. Tampoco te creas que tomo café con cualquiera. —Bien, pensé al ver cómo se dibujaba una sonrisa. Esto va bien.

—Jajajaja. Fantástico. Pues si te parece empezamos. Luego entraremos en cuestiones más sociodemográficas —¿¡!?—, pero hay una cosa que me gusta preguntar siempre al principio: ¿tú sientes que eres un inmigrante?

Me reí, claro. Ella me miró sorprendida y la voz de mi cabeza ya estaba gritando que cómo se me ocurría reírme de ella.

—¿Te resulta divertida la pregunta?

—«Divertida» igual no es la palabra, mujer. Me ha sorprendido que esa sea la primera pregunta que le haces a alguien al tomarte un café. —Ahora la que se reía era ella.

—Siempre no, claro. Me refiero a cuando hago entrevistas para la tesis. —Y justo ahí la voz se calló de repente y me debió cambiar la cara porque rápidamente ella me preguntó—. Espera un momento, ¿ Woodhouse no te había contado para qué era esto?

«Necesitaba a alguien como tú», las palabras de Woodhouse resonaron de repente en el enorme silencio que había en mi cabeza. Me cagué en todo lo que se meneaba. Mierda, mierda, mierda. No sabía qué hacer, estaba chillando por dentro, quería morirme, escapar, tirarme al río... Pero tenía claro que sólo había una forma de salir de aquello con dignidad.

—Sí, sí, claro, mujer. Sólo estaba bromeando. —Pero lo dije tan lento, tan perplejo, tan avergonzado que no había manera posible de que ella no supiera que estaba mintiendo—. Inmigrante, eh. No, claro que no. ¿Por qué iba a sentirme un inmigrante?

Emigración era otra cosa, creo que dije. Pasarlo mal. Yo estaba allí porque quería, era europeo, tenía... «un negocio», terminó ella la frase con entonación de pregunta. No contesté.

Era verdad que llegar a un sitio nuevo era un poco como entrar a una sala de cine con la peli ya empezada. Haces lo que puedes, alumbrándote con el móvil, pisas algún pie, la gente te mira molesta. Es verdad que con el tiempo pillas el hilo de la película, pero siempre estás con la sensación de estar perdiéndote algo. Pero inmigrante, no. No pensaba realmente lo que estaba diciendo, estaba saliendo del paso. Estaba claro que aquel no parecía mi lugar en el mundo, que no acababa de encajar. Pero no tenía claro que tuviéramos un lugar en el mundo: la idea en sí misma puede ser útil, puede darnos esperanza, puede protegernos cuando todo se tambalea. Ayuda sentir eso, claro que ayuda. Pero también confunde porque lo normal es encajar en muchos sitios, de muchas formas, muchas veces con calzador, de forma incómoda... muchas veces de forma sorprendente, sin entenderlas del todo...

Y empecé a hablarle de Costas. No recuerdo muchas cosas de aquella «cita», pero recuerdo que le hablé de Costas. Pocas semanas después de conocernos, un día libre (de esos en los que no podíamos vender en el mercado) me pidió que le llevara en coche. Que condujera su coche. Me recogió en la parada del bus —yo aún vivía en Bedford —, me dio las llaves y me fue guiando hacia Peterborough y después a Hunstaton. Fueron dos horas de su cháchara interminable en la que me repasó de arriba a abajo la vida y milagros de todos los tenderos. Aparcamos el coche y andamos por el paseo marítimo hasta llegar a un pequeño mirador. Nos sentamos en un banco de madera blanca y Costas sacó una lata de bíter y dos vasos de plástico de una pequeña neverita que llevaba con él. Pasamos el resto del día allí sentados, en silencio, mirando el mar e, inexplicablemente, fue uno de los mejores días de mi vida. No me gusta la playa, no conocía al viejo, no intercambiamos más de doce palabras, me esperaban otras dos horas largas de coche... pero allí, oliendo a sal, escuchando el mar, sentí que algo encajaba.

Dije esas últimas palabras y sentí que una gota se preparaba en mi lagrimal. Recordé dónde estaba, lo que estaba pasando y temí que esa gota arrastrara consigo toda la presión y la vergüenza que tenía encima. Eso fue suficiente para volver de golpe a la realidad. Ochenta minutos más de realidad. Preguntas y respuestas que no sé muy bien cómo contesté. Solo quería salir de allí y esconderme. Llorar. Estoy casi seguro que ella abrevió todo lo posible. Supongo que porque me veía cada vez más pequeño en esa silla. Me dio la mano al terminar. Le dije que si quería algo más, podía escribirme al correo.

Desde la puerta de la cafetería hasta mi puesto en la plaza del mercado había 768 pies. Lo había comprobado los días previos a la cita. 768 pies que recorrí uno a uno, con una sensación de derrota y estupor que no era capaz de procesar. Lo que sí fui capaz de entender, quince pasos antes de entrar en la plaza del mercado, era que todos, pero todos, iban a estar pendientes de mí. Me di la vuelta, me froté la cara y decidí hacer de tripas corazón. Puse mi mejor sonrisa y me escabullí como pude de los tenderos que me iban saliendo al paso. Podía mantener la compostura si no tenía que hablar, como alguien me preguntara no sabía muy bien qué iba a pasar, ni cuántos litros iba a ser capaz de llorar antes de deshidratarme.

Lo conseguí. Pero cuando estaba a punto de llegar al puesto, dos cosas me acabaron de dejar fuera de juego: la mesa casi vacía y la sonrisa del Griego diciendo «¿ves? Así es como se hace». Ese día, en noventa putos minutos, el viejo había vendido todo lo que yo no había sido capaz de vender durante el mes anterior. Mientras buscaba algo que decir, puso el fajo de billetes encima de la mesa; no me fuera a pensar que le habían robado el género.

—¿Qué tal? —preguntó cuando me acerqué.

—Genial, ¿no? ¿Has vendido todo?

—Si me hicieras caso alguna vez, Spiky... —me iba a recordar esto el resto de mi vida—, pero no te pregunto por esto, te pregunto por la chica.

Parpadeé y dije.

—¿La chica? ¡Fenomenal! Hemos quedado otra vez.

La situación era curiosa: García aún no me había traído el pedido, el Griego había vendido casi todo y no tenía mucho que hacer allí. Sin embargo, no podía irme. No solo por las reglas del mercado, sino porque no quería llegar a casa. Que Gloria tuviera turno de noche significaba que estaría pululando por allí todo el día, esperando a que llegara. Sinceramente, no tenía fuerzas de sentarme en el sofá y explicar todo lo que había pasado.

Me rendí a la evidencia de que tendría que estar aguantando los restregones del Griego por haber vendido más que yo durante todo el día y lo acepté. Sin embargo, Costas tenía más interés en mi cita que en explicarme (otra vez) cómo se vendía en el mercado. Así que solo me dejaba una opción: mentir, mentir mucho, como un bellaco. Seguir mintiendo como si no hubiera un mañana.

Les describí con pelos y señales una cita que empezaba mal, algo torpe, entrañablemente caótica; pero que dibujaba todo el «camino del héroe» con sus momentos a punto de naufragar y que finalmente terminaba con...

otra cita. Traté de ser sutil, de ir con cuidado... pero podía haber dicho cualquier barbaridad. No sólo el Griego parecía haber olvidado su triunfo de ventas, es que todo el mundo parecía haberse olvidado de la reunión con la Comisión, dejaron de mirarme con pena y venían a cotillear, a charlar, a alegrarse por mí. Daba igual lo que les dijera, querían creer.

En cuanto pude, me puse quince o veinte alarmas durante el día. Cada vez que sonaba el «pi», sacaba el móvil, sonreía y fingía escribir algo en él. «No pueden dejar de escribirse», dijo Anne Lloyd. Y me ruborizaba porque, aunque sabía que era mentira, aquella sensación que se había creado me ponía de buen humor, me hacía sentirme como teóricamente tenía que sentirme. Preguntaban cosas y yo le quitaba hierro... «Es la primera cita, ¿esperabas que nos lo montáramos en la mesa de la cafetería y empezáramos a buscar nombres para los niños?», pero (en seguida) les preguntaba por planes románticos en la ciudad como cenar en el Sorrentino's o pasear por la ribera del río y ver amanecer en el Becket's Park.

La tarde se me pasó volando y estaba de tan buen humor que ni siquiera me di cuenta de que llegaba demasiado pronto a casa. Gloria estaba como loca, vestida de uniforme, esperando a que llegara. Había ignorado sus mensajes (porque no sabía muy bien qué responder) y supongo que empezaba a pensar que me había pasado algo. Pero cuando me vio entrar por la puerta con esa sonrisa tonta que me había dejado lo que había pasado en el mercado, gritó «¡aaaaaahhhhh! ¡Lo sabía! ¡Cuánto me alegro!». Sin dejarme decir absolutamente nada. Me cambió la cara, claro. Radicalmente. Pero en ese momento, no sabía muy bien qué hacer, así que traté de disimular y empecé a intentar explicar que en realidad la cosa era un poco más complicada.

Fue inútil. Gloria llegaba tarde, me dio un beso en la cara, le dijo a Salim que le debía veinte libras y salió por la puerta más contenta de lo que nunca la había visto. Yo dejé las cosas en mi habitación y me fui al salón donde Salim estaba comiendo okras y viendo un partido de críquet. Sin girar siquiera la cabeza dijo «te he visto la...» y se señaló la cara. «Al menos alguien la ha visto», empezaba a pensar que había desperdiciado un prometedor futuro en el mundo de la interpretación.

—¿Ha ido mal?

—De puta pena. No era una cita: era una entrevista para su tesis. —Aquí Salim sí giró la cabeza con esa expresión mixta entre el «qué coño me estás contando» y el «no puedo reírme, que es mi colega y lo está pasando mal»—. No sé si ha sido el ridículo más grande de mi vida, pero ha estado cerca.

Y por primera vez desde esa mañana conté lo que había pasado. Al principio se contuvo, pero en seguida lo tenía riéndose a carcajadas en el sofá. Y justo después de la que era la pregunta más lógica de la noche («pero ¿por qué no le has dicho nada al entrar?»), sólo pude responder un «ponte cómodo que aún hay más». No creo que haya visto a Salim reírse más que aquella noche: por un lado, estábamos de acuerdo en que había sido una jugada maestra para «darle esquinazo al Griego», pero, por el otro, «menudo follón en el que me había metido».

—No, a ver, Salim, no es para tanto. —Traté de convencernos—. Solo tengo que fingir un par de semanas (no es muy difícil: nos acabamos de conocer, pasa parte de la semana en Birmingham, la primera cita ha sido aquí... nadie tiene por qué vernos) y en cuanto la cosa se pase... no funciona, lo dejamos y a otra cosa.

—Tu verás lo que haces,—Salim se estaba divirtiendo muchísimo—, pero no estaría yo convencido de que vas a poder engañar a tu amiga ni dos semanas.

—Pero ¿tú has visto lo feliz que estaba?

—No te lo vas a creer, pero eso no es tan buena justificación como crees que es.

Y no, no lo era. Tampoco lo era para engañar a todo el mercado. Pero, aunque el resto se había olvidado súbitamente, la reunión con el Comité seguía en el fondo de mi cabeza: el fin de todo seguía estando ahí. ¿No era comprensible que si podía disfrutar de unos pocos días felices... lo aprovechara? Dudé si decírselo. Por desahogarme: decirle que lo estaba pasando mal, tenía miedo de que se acabara todo y esa alegría ficticia me estaba sentando bien. Pero él ya se había vuelto al críquet y yo no estaba seguro de si todo eso no eran más que autojustificaciones. Me levanté y me fui a la habitación. Lo mejor sería ducharme y acostarme: no tenía hambre. Pero no me engañaba, no iba a ser posible: quedaba muchísimo trabajo por hacer. Limpiar táperes, rehacer el inventario, etc.

—Eso sí —me dijo cuando estaba a punto de entrar en el cuarto, sin girar la cabeza—, las veinte libras me las das tú; no me voy a meter en lo que tienes o no tienes que hacer... pero Gloria me va a hacer que se las pague y suficiente tengo con hacerme el tonto.

TRES

Lo primero que se necesitaba era una botella de dos litros. Vacía. Bueno, en realidad, según el tutorial que había encontrado en internet, lo primero era escoger el sitio, pero eso lo tenía claro: debía ser en el cuello y en un lugar bien visible. Cuanto más visible, mejor.

Nunca he sido un hombre valiente. De chico me daban pavor los cacharros de la feria, nadar lejos de la orilla y la idea de que me sacaran sangre. De grande me lo siguen dando. No es difícil imaginarse que lo de la botella me pareciera un género del BDSM y me diera un repelús enorme. En realidad, lo que me daba era vergüenza, pero si nuestros peores temores se confirmaban, iba a necesitar un golpe de efecto y mi golpe de efecto tenía nombre: un chupetón.

Ahora solo había que encontrar una botella, porque tener una botella de plástico de dos litros es la típica cosa que no te preocupa. Si todo aquello me hubiera pillado en la casa de Bedford, de Union Street, con mis diecisiete compañeros de piso, no habría tenido ningún problema.

Pero tampoco me esperaba que en el piso de Salim (y, sobre todo, en un país en el que teníamos que acumular todos los envases en casa durante días y días) sí que lo fuera a tener.

Pese a que Salim tenía un enorme calendario lleno de colores en la puerta del frigorífico, nunca había conseguido entender cómo funcionaba el sistema de basuras. La mera idea de que la misma nación que había inventado la máquina de vapor, el fútbol y las barritas de chocolate considerara que depositar bolsas de colores en la acera siguiendo un enrevesado calendario mensual era mejor que tener un puñetero cubo de basura era superior a mis fuerzas.

Y lo había intentado. Juro por Dios que lo había intentado, pero al final siempre era Salim el que se encargaba de sacar y meter las bolsas de colores. El problema (como dejaba claro el cubo amarillo vacío del cuarto de basuras de la planta baja) era que lo había hecho hace poco. No me fie. Subí las escaleras y revisé el calendario plastificado de recogida que había puesto en el frigorífico. Efectivamente, los plásticos tocaban esa noche.

Volví a mirar en el frigorífico y en las alacenas, removí todo lo que había bajo el fregadero del baño... pero nada. Nada de nada. Encendí el hervidor de agua, me senté en una de las sillas de la cocina y me puse a buscar en internet una solución a todo esto: otra forma de hacerme un chupetón. Pero justo en el momento en que el hervidor dejó de hacer ruido, vino la Virgen a verme y escuché algo en la calle. ¿El camión? ¿Podía ser el camión de la basura? ¿Era posible que aún tuviera una posibilidad, por remota que fuera, de que la bolsa de las botellas estuviera allí fuera esperándome?

Bajé las escaleras disparado, pero el basurero ya había recogido las bolsas. Intenté explicarle lo que me pasaba, pero eran casi las seis de la mañana y, por lo visto, el tipo no tenía muchas ganas de ser razonable. Le conté que me había dejado algo importante dentro de la bolsa —y no era mentira, había una botella de dos litros dentro, la estaba viendo—, pero (más seco que un bizcocho de soletilla) solo atinó a decirme que una vez que eran recogidas («al ser depositadas en la calle», dijo su compañero), las bolsas pasaban a ser propiedad del West Northampton County. Agarré la bolsa de forma instintiva, él la apretó con fuerza y empezamos un forcejeo de bajísima intensidad que se terminó en el momento en que él tiró fuerte. Lo miré con impotencia y, sin pensármelo dos veces, eché a correr hacia la bolsa de la acera.

Entonces él y su compañero salieron a correr detrás de mí. El segundo iba gritando «al ser depositados en la calleeee» y el primero me decía que estaba a punto de ganarme una sanción. Pero no les hice caso y me lancé sobre la bolsa intentando abrirla mientras miraba si había o no una botella dentro. Me alcanzaron y la escena quedó así: dos basureros del condado a un lado y un tipo en pijama y pantuflas al otro peleándose por una bolsa de basura. El forcejeo se hizo más intenso. Ellos me gritaban y yo les contestaba, también a voces, que sólo necesitaba una botella. Ni siquiera estoy seguro de si se lo estaba gritando en inglés.

Debió de ser entonces cuando la bolsa se rompió y todo salió por los aires. No había botella.

Sopesé durante unos segundos la posibilidad de ir a por la siguiente, pero lo descarté. El segundo tipo parecía estar llamando a la policía y yo en unas horas tenía la cita con la Comisión del Mercado: era mejor que me tranquilizara y me hiciera a la idea de que el plan había fracasado antes de empezar. Me volví, sin abrigo, aún de noche, por mitad de la calle casi desierta. Iba tan ensimismado en mis pensamientos que...

—¿Se puede saber qué coño haces, Spiky? —Salim estaba subiendo la persiana del supermercado.

Creo que nunca habré contado suficientes veces cómo acabé compartiendo piso con Salim. Lo único que puedo decir, en mi defensa, es que no es fácil tener una casa en Inglaterra sin contrato. Mientras duró la beca no hubo mucho problema: la residencia estaba incluida. Más tarde, cuando la caja de ahorros dejó de mandar dinero y la universidad consideró que ya estaba bien, la política de las inmobiliarias pasó a ser clara: estaban dispuestas a hacerme un contrato de dos, tres, cuatro o (nunca más de) seis meses siempre y cuando los pagara por adelantado.

El primer sitio que encontré, porque aún tenía ahorros, fue un sexto piso sin ascensor en el que bien podía ser el edificio más estrecho de Bedford. El segundo era una habitación infectada de cucarachas en la parte de atrás de una pizzería. El tercero fue una casona enorme de Union St. en la que vivíamos diecisiete personas y donde existía una competencia inexplicable por acumular todos los vasos, platos y cubiertos disponibles en la habitación de cada uno. El cuarto fueron dos meses en un bungaló compartido en un camping entre Bedford y Northampton. Y el quinto, donde vivía en ese momento, fue el piso de Salim.

Salim y yo no estábamos destinados a ser compañeros de piso, ni amigos ni siquiera conocidos. Durante meses para mí no fue más que el dependiente del Costcutter que había cerca de la parada donde me dejaba el autobús de Bedford en el que tenía que hacerme casi tres horas diarias hasta Northampton y otras tantas de vuelta. El supermercado era la típica tienda de emigrantes de Oriente Medio: estrecho, sucio y abarrotado de cosas. Daba igual que quisieras alubias en salsa de tomate o hielo a las tres de la mañana, allí podías encontrarlo.

No había entrado y no tenía pensado entrar. Saludaba a Salim cuando me lo cruzaba en la puerta porque, en fin, seguía siendo un chaval de pueblo. Pero poco más. Sin embargo, pasó algo que metió nuestras dos líneas temporales en una coctelera y las dejó mezcladas y agitadas: una gastroenteritis.

O, mejor dicho, la hora y veintitrés minutos que tuve que aguantar estoicamente en el autobús mientras el mareo, las náuseas y la descomposición gastrointestinal invadían cada rinconcito de mi cuerpo. Al pisar Northampton intenté vomitar en una papelera, pero nada. La fisiología tiene sus caprichos: mi estómago parecía una rave de tres días y estaba mareado, ido y descompuesto, sí. Pero no quería vomitar en una papelera.

Entonces vi el Costcutter, me dirigí hacia allí desesperado y (con ayuda de mi cara de desesperación) no hizo falta explicar más. Fue buena gente. Me llevó a través de un estrecho y cochambroso pasillo hasta un baño que convertiría en un palacio a cualquier prisión turca. Abrió la puerta, se giró con una sonrisa y me dijo «todo tuyo». A mí, en una finísima muestra de agradecimiento, me poseyó una arcada y, aunque intenté contenerla y aprisionarla con las manos, era tan grande que me superó y le vomité encima.

«No hay nada como vomitar con alguien para convertirse en buenos amigos», dijo Bertotti, citando a otro. Se ve que lo de vomitar también funciona.

Porque a partir de entonces, mitad por vergüenza, mitad por agradecimiento, empecé a ir al Costcutter con asiduidad; y cuando no pude pagar mi parte del bungaló, Salim me ofreció que me quedase en una de las habitaciones que tenía encima del supermercado. Llevaba años queriendo alquilarlas, pero tenía un problema: aunque había varias habitaciones muy buenas, la familia de Salim era la idea platónica de familia pakistaní hecha carne y telas y chismes. Era enorme y no conocía límites. Cada dos por tres tenía invitados de todas las edades, profesiones y procedencias. Cuando no era una tía abuela que no entendía ni una palabra de inglés y cocinaba daal de lentejas picante como si fuera a alimentar a un regimiento, era el primo tercero de la peluquera de la hermana de Salim que venía a la ciudad a un congreso de Harry Potter.

Había ruidos, problemas, olores, música en urdu a toda pastilla y movidas varias dignas de una telenovela mexicana.

Nadie en su sano juicio estaría dispuesto a quedarse allí (y, llegado el caso, a tener que compartir habitación con cualquier primo segundo del dueño de la casa). Pero los estándares habitacionales del señor Nadie eran mucho más exquisitos que los míos: la renta era baja (¡bajísima!), me evitaba tener que coger el bus cada día y, por si fuera poco, podía pagar mes a mes. No había muchas más alternativas, no podía pedir mucho más. Al poco tiempo, no sé si poseído por un sutil síndrome de Estocolmo, ya me sentía casi como en casa.

—Hombre, Salim, buenos días. ¿Cómo tú por aquí?

—Es raro, ¿verdad? ¿Qué iba a hacer yo en el supermercado a la hora en la que todos los días abro el supermercado? Supongo que la vida está llena de misterios y casualidades.

—¿No tendrás, por un casual, una botella de plástico vacía de dos litros? Es urgente. O sea, urgente de verdad.

—Ja. Te está bien empleado, don yo-vine-a-Inglaterra-a-hacer-un-doctorado-pero-no-soy-capaz-de-aprender-cómo-funciona-lo-de-las-basuras. —Entró al supermercado.

—Tampoco es necesario hacer sangre. Es que...

—¿Un café?

En el supermercado había una pequeña máquina de café y muchas veces desayunábamos allí. Pero más tarde, cuando ya había horneado algo de bollería.

—Yo aún no he tomado. He visto que tienes una taza de té sin tocar en la cocina, pero imagino que después de tu excursión matutina se te habrá quedado helado.

Preparó los cafés y yo dudé si explicarle el motivo real por el que quería la botella. Salim sabía que todo lo de Lola era literatura fantástica y se lo había estado pasando de lo lindo los últimos días viendo cómo me había metido yo solito en unas arenas movedizas en las que me iba hundiendo poco a poco, pero reconocer que estaba a punto de hacerme un chupetón me parecía demasiado hasta para mí. No parecía que fuera a preguntar, de todas formas: le conté que tenía la citación del mercado, pero como no les había dado muchos detalles para no preocuparlos, hacía varios minutos que él se había puesto a hablar del partido de esa madrugada y yo, evidentemente, había desconectado. Sólo había una cosa más enrevesada y aburrida que el sistema de basuras: el críquet.

—Como veo que no tienes ninguna botella vacía, me voy a ir.

—No, no tengo ninguna botella vacía, pero tengo varios centenares ahí llenas. Imagino que podremos prescindir del contenido de una de aquellas botellas de agua de diecinueve peniques.

Las había tenido justo delante durante todo el rato que pasé dentro del Costcutter. No es que no estuviera especialmente lúcido esa mañana, es que estaba apollardado. Seguí así un par de minutos más, mirando las botellas hasta que Salim me pidió que, por el amor de Imran Khan, cogiera la botella o la dejara en su sitio, pero que subiera a ponerme unos pantalones.

Ya en el baño, me senté en el retrete y volví a abrir el tutorial en internet. Respiré profundo y repasé el texto.

Había que apretar la boca de la botella contra la zona elegida. La botella debía estar apretada para que hubiera poco aire y la succión fuera más fuerte. Además, la boca tenía que estar nivelada con la piel. Quince segundos, decían. Con eso era suficiente. Sin embargo, la forma que tomaba el chupetón era perfectamente redonda, por lo que, a no ser que pretendieras haberte enrollado con un oso hormiguero, necesitabas hacer la operación al menos una vez más (no tan fuerte como la primera, con algo a medio gas ya iba bien) para que el efecto fuera más creíble, más veraz, más auténtico. Os juro que decía «auténtico». Lo leí todo varias veces. No me atrevía a empezar.

Pero sonó la alarma y me di cuenta de que era en ese momento o nunca. Me puse la botella en el cuello, cerré los ojos y ¡me cago en los muertos en bicicleta de diez o doce personas elegidas al azar! Ya no era el dolor, era... arrggg. Y dos veces. Dos. Lo pienso y aún hoy me mareo. Pero hecho estaba: el plan era el plan.

Me miré en el espejo, me observé el chupetón. Me dije que yo podía, que claro que podía, y me puse el jersey de cuello vuelto. Estaba más que preparado para seguir con el paripé, para que no me pillaran, para continuar con la autoficción. Para lo que no estaba preparado (ni lo hubiera estado nunca) era para lo que pasó la reunión con la Comisión.

—¿Ustedes sirven tapas?

—¿Cómo?

La había entendido perfectamente; es decir, sabía el significado de cada una de las palabras que había pronunciado (incluso de «tapas», que, por supuesto, había pronunciado mal), pero no sabía qué quería decir.

—Que si ustedes sirven tapas —repitió, pero vocalizando muy despacio y gesticulando, como si tuviera problemas con el idioma o con la vida en general.

No podía ser. Era imposible que me hubieran pedido ir allí para saber si hacía algo que ellos mismos no me permitían. Sólo que era así. Encajaba con el resto de la mañana. Hasta ese momento había pasado un cuarto de hora sentado en mitad de una sala de reuniones mientras que imaginaba que serían los miembros de la Comisión miraban el móvil. Había una señora hablando por teléfono, un tipo sacándose un moco de la nariz y otro más, el que tenía justo enfrente, miraba los papeles y resoplaba. Luego supe que era el secretario de la Comisión.

Cuando se dio por vencido, levantó la cabeza, me miró y me dijo: «Sinceramente, ahora mismo no tengo claro por qué le hemos hecho venir».

Nadie se inmutó, porque nadie lo estaba escuchando. El secretario volvió a mirar los papeles y a mirar a los miembros del consejo. Preguntó en voz alta si alguien conocía el motivo de la citación y, justo cuando parecía a punto de quedar liberado, la señora que hablaba por teléfono dijo que ese punto del orden del día era suyo y que ahora lo explicaría. Luego se volvió a su esquina de la sala y siguió hablando por el móvil otros cinco minutos, o diez o tres horas. El secretario siguió con otro punto del orden del día y, cuando por fin me tocó, que «si servíamos tapas».

Pues claro que no servíamos tapas. Teníamos licencia de charcutería y, de hecho, legalmente sólo podíamos vender productos que no necesitaran frío. ¿Cómo íbamos a servir tapas? ¿No habían puesto un pie en el mercado para ver que aquello no era un bar? O ¿era lo contrario? ¿Y si tenían razón en el mercado y aquello era una vista para amonestarme? ¿Quizás alguien me había denunciado diciendo que vendía tapas? Volví a dudar, no sabía muy bien qué decir y me lancé a decir lo primero que se me pasó por la cabeza.

—Verá —me cortó y se aceleró—, es que el fin de semana pasado estuve en el Westfield London y allí, en el centro comercial, había un restaurante español que tenía unas tapas maravillosas. —Me miró y bajó la velocidad—. Lo hemos hablado y creemos que necesitamos algo así en nuestro mercado. El «chorisito a la sidra» estaba fantástico.

«Lo hemos hablado». Los miembros del consejo seguían mirando sus teléfonos. Sus caras ausentes eran una representación bastante audaz de un manojo de acelgas; pero, como movidos por un extraño sistema de coordinación, asintieron. En este tipo de situaciones es donde se ve que hasta para ser un maniquí tienes que ser buen profesional.

—Pues... es que somos una tienda. No tenemos permiso para «servir» tapas.

—Ah, vaya. Pero podrían servir tapas, ¿no? Es que eso sería fantástico. —Dudé—. No lo voy a engañar, queremos poner un restaurante español en el mercado. Eso daría mucho glamour a la zona. Hemos hablado con la gente de Westfield y ellos podrían hacerlo, pero usted tiene prioridad.

Es tendero permanente. Piénselo. Si se anima, todo suyo. Si no, tendremos que buscar una solución que nos satisfaga a todos...

—... pero dos negocios iguales no tienen cabida según el reglamento —puntualizó el secretario, con la que hubiera jurado que era la voz del basurero de esa mañana.

—Bueno, no serían dos negocios iguales.

Estaba convencido de que tenía un argumento ganador. A nadie en su sano juicio se le ocurriría decir que una carnicería y un asador son el mismo negocio. Además, incluso en el caso de que lo fueran, lo cierto era que hasta en el día más flojo había media docena de fruterías en el mercado. Pero al mirar sus caras supe que no tenía sentido explicar nada: era una encerrona.

—Pero sí, imagino que sí que podríamos vender tapas. No era la idea, nunca lo ha sido... aunque se podría hacer, claro.

Mientras claudicaba, pensé que si eso me permitía quedarme en el mercado sería una victoria: la situación que me habían pintado era tan mala que, en realidad, todo lo que no fuera llegar a la plaza con los pies por delante lo sería. Tardé diez segundos en darme cuenta de que no tenía ni idea de en qué me estaba metiendo. Ellos tampoco lo sabían. Durante un instante, pude notar el desconcierto en su cara. Pero la señora se repuso rápido.

—Oh, fantástico, eso cambia las cosas, el mercado necesita tapas.

La mujer se giró, se llevó el móvil a la oreja y siguió hablando. En el fondo, le daba igual. A ella y a todos.

No tenía claro si porque lo único que quería eran sus tapas o porque no importaba lo que me resistiera, la gente del mercado tenía razón y, al final, de una forma u otra, me pondrían de patitas en la calle.

El secretario dio con un martillo en la mesa y gritó «*next*». Un técnico de la Comisión me cogió del brazo, me sacó de la sala y me explicó que el mercado me acababa de extender una oferta para estudiar la posibilidad de crear un *foodtruck* dentro de él.

—No, verá, no es exactamente un *foodtruck*.

Pero el tipo me cortó en seguida: hacía falta ingresar 15 000 libras en los próximos siete días hábiles a modo de fianza, firmar un taco de papeles de doscientos o trescientos folios y luego ponerse con el proyecto, porque tenía muchas partes y también había un plazo reducido para entregarlo. Me lo explicó con detalle, pero yo sólo podía pensar en una cosa.

—¡15 000 qué! —Fue lo único que pude decir mientras añadía mentalmente todas las exclamaciones posibles.

En seguida, el técnico me «tranquilizó»: era una fianza, un depósito. Siempre y cuando no retirara el proyecto mientras se estaba estudiando, me lo devolverían al finalizar el proceso.

—Se le conceda o no se le conceda el proyecto.

—Ah, bueno —me «tranquilicé»—, que me lo devuelven.

El técnico, que parecía estar leyéndome la mente, me dijo que en cuanto transcurriesen los siete días entenderían que había renunciado al proyecto y la licencia pasaría al siguiente candidato. Es decir, o conseguía las 15 000 libras o nada; la aventura inglesa se habría acabado.

Los plazos parecían pensados para ponérmelo difícil: porque no era sólo el dinero. Si quería la licencia, durante las siguientes semanas tendría que entregar la imagen corporativa, los planos del puesto, el menú y otra sarta de cosas que no entendía (pero que se suponía que tenía bien explicadas en el dosier). Creo que me mareé y estoy dispuesto a jurar sobre la Biblia que vi sonreír al técnico mientras me explicaba dónde podía beber algo de agua. Claro que era una encerrona, pero, ay, amigo, no sabían con quién estaban hablando.

—¿Pero tú tienes 15 000 libras para depositar en la fianza?

Eso fue lo primero que me dijo Salim cuando me vio aparecer con la carpeta llena de folios. Qué iba a tener. La última vez que había mirado la cuenta tenía tres mil y pico euros. Euros, ni siquiera eran libras.

—De hecho, tengo un poco más, porque el Griego me vendió un montón de cosas y el repartidor de García se fue sin dejarme nada.

Me derrumbé en el taburete del supermercado. No me pegaba un tiro porque la situación había estado mucho peor y desde entonces había ahorrado; pero, sobre todo, porque si los entierros ya estaban carísimos, no me quería ni imaginar cuánto se pondrían si les sumábamos el extra de la repatriación. Y no, eso sí que no: lo que me faltaba era pasar en Northampton toda la eternidad.

—No lo entiendo, Spiky, ¿qué sabes tú de cocina?

—Hombre, Salim, soy español, algo de bares sé.

—¡De ir! ¿Has sido siquiera camarero alguna vez? —El puto paki me conocía demasiado bien.

—¡Que no puedo quedarme sin el puesto, Salim! Que no puedo. Además, mira el curso de paellas que voy a dar en la escuela de cocina. ¿Se habría apuntado alguien si no tuviera ni idea?

—Lo primero —me dijo, señalándome un cepillo con el que parecía estar limpiando la máquina de perritos calientes—, al curso se han apuntado cuatro gatos y no descarto que la mitad lo hayan hecho por accidente. Lo segundo, ¿por qué te ibas a quedar sin puesto? ¿Te crees que este es el único mercado del Reino Unido? En un momento te saco cinco mejores que este a menos de una hora: Milton Keynes, Bedford, Kettering.

—¿Kettering? ¿Kettering es mejor que esto? Y ya sabes que Bedford no da de sí lo suficiente. Por el amor de Dios, Salim. O de Alá o de lo que sea. ¿Cómo va a ser Kettering mejor que esto? Pero es que, aunque fuera verdad, ¿de dónde saco la pasta? ¿Tú sabes lo que tardé en conseguir clientela suficiente como para ir tirando? No me jodas. Empezar de cero es una putada. Si acepto el trato del consejo tendré un puesto, deberé un montón de pasta, es verdad; pero tendré un puesto y una clientela, podré sobrevivir. Si todo sale bien, acabaré con un bar de tapas. Si sale mal, con el dinero de vuelta y con todo lo que haya vendido mientras tanto.

—El único problema es que no tienes 15 000 libras. —Iba a decir algo, pero Salim estuvo más rápido—. Ni nadie que te las preste.

Punto, set y partido. O como se diga en el puto críquet ese. Y eso que Salim no había caído en la cuenta de que las 15 000 libras eran el menor de mis problemas. En el trayecto entre el Consejo y el Costcutter, había leído por encima el pliego de condiciones, había hecho cuentas y sabía que lo peor venía después. Tendría que costear de alguna forma el nuevo puesto con todos los requerimientos técnicos y sanitarios: ya no bastaría con una mesa de plástico, tendría que ser un espacio preparado para cocinar de manera profesional. Es decir, no estábamos hablando de otro par de cientos de libras en telas o decoración, no: estábamos hablando de un viaje exprés a Manila para vender un riñón y parte del hígado. Y no estaba seguro de si con eso bastaría. Mis riñones tampoco estaban en tan buen estado.

No obstante, eso sería un problema del Spiky del futuro (tres o cuatro meses más adelante en ese momento me parecía un futuro remoto), y solo si, al contrario de lo que parecía, todo aquello no era un elaborado plan para neutralizar mis derechos como tendero permanente, sacarme del proceso y contratar a la empresa del «chorisito a la sidra» de Westfield.

Además, eso de que no tenía a nadie a quien pedirle el dinero era relativo. Sí, era verdad que no tenía ningún conocido al que le sobrara esa cantidad, pero hay una pandilla a la que todo hombre occidental puede recurrir cuando se trata de dinero: las tarjetas de crédito.

Pasé por el banco de camino al mercado cargado con el carro, hice cola y la «asesora personal» me explicó que tenía preconcedido un crédito de 11 000 libras. «Por suerte», añadió. Los preconcedidos son préstamos que se aprueban en momentos determinados y que no requieren autorización. Eso jugaba a mi favor porque, según la chica, con mi estado financiero actual era poco probable que se aprobara ningún otro crédito. No pasaba nada: 11 000 libras eran mucho más de lo que esperaba, la verdad. Las comisiones eran demenciales, sí; pero con lo que tenía ahorrado y apurando el límite de las tarjetas de crédito llegaba. Más o menos. Más menos que más, pero llegaba.

Cuando aterricé en el mercado, allí estaban todos, arremolinados para saber qué tenía que contar. Como si hubiera caído en un pozo y los bomberos estuvieran a punto de sacar mi cuerpo sin vida del corazón de la Tierra. Al llegar con el carro, los papeles en la mano y cara de Alex Ubago, la mayoría de los tenderos se agolparon en mitad del pasillo armando un embotellamiento y queriendo saber si me iba o me quedaba. Les expliqué con bastante detalle lo que había pasado, pero dio un poco igual, porque cuando acabé, la pregunta fue la misma: «¿Te quedas o te vas?».

No tenía muy clara la respuesta.

—No te lo estarás planteando en serio, ¿no? —me preguntó el Griego cuando la mayor parte de la gente ya se había vuelto a sus puestos. Lo dijo desde su puesto, sin levantarse, como si estuviera susurrando en voz alta.

—No, claro que no. ¿Cómo me voy a estar planteando la única oportunidad que me queda para mantener el negocio?

Entonces el Griego se levantó, vino hacia mí e hizo algo que nunca le había visto hacer: hablarme en serio.

—No, no. Mírame a la cara, Spiky. Tú puedes hacer lo que quieras, ya estás mayorcito para tomar tus propias decisiones. Pero hay una cosa que tienes que tener clara: esa gente no te está dando una oportunidad, ni son tus aliados ni nada de eso. Esa gente está buscando la manera de apuñalarte y dejar que te desangres en el suelo. Para ellos somos poco más que un mecanismo de mierda para tener en funcionamiento el mercado hasta que puedan sustituirnos por máquinas expendedoras. Si pudieran nos mandarían a un aparcamiento en el extrarradio. No son de los nuestros.

Puede que tuviera razón. Es más, estaba seguro de que la tenía. Pero yo lo que quería era quedarme como estaba y desconfiar de la Comisión no me servía de nada. Cuando sólo tienes una opción, ¿de qué te sirve saber que esa opción es mala?

—¿Y qué hago, Costas? ¿Qué quieres que haga? ¿Quiénes son los nuestros? ¿Qué opciones tengo?

—¿Opciones? ¿Que qué opci...?

—¿Qué ha pasado? ¿Por qué os gritáis? —Bertotti, recién llegado, lo cortó.

—¿Que qué ha pasado? Lo de siempre: la Comisión está buscando la forma de jugársela y el panoli este se lo está dejando en bandeja. Díselo tú, que a mí no me hace caso... —El Griego iba y venía de su puesto al mío—. Siempre hacen lo mismo. Díselo. Te marean hasta que haces lo que les da la gana. La única ley es su santa voluntad. Lo que yo no sé es qué está pensando ese.

—«Ese» tiene un nombre.

—No te digo tu nombre porque te tengo cariño, pero empieza por gil...

—Tengamos la fiesta en paz, Costas. —Bertotti volvió a cortarlo.

Entre los dos, le explicamos lo que había pasado y, tras dar algunos rodeos, sugirió la primera idea con sentido del día.

—¿Y si hablamos con Haddock y Scott para ver cómo lo ven ellos? Ellos sabrán algo más que nosotros sobre si la propuesta es viable o no.

Tenía razón. Eran las dos únicas personas que vendían comida caliente en el mercado. Si había alguien que supiera cómo funcionaba ese juego, eran ellos. Y dije que sí, claro. No porque creyera que me iba a ser de utilidad, no era tan inocente como para pensar en serio que todo aquello era una cuestión de hacer números. No hacía falta que el Griego me lo dijera, ni que Bertotti contemporizara: ya me había quedado claro que para la Comisión mi futuro era algo accesorio. Para ellos todo esto era una demostración de poder, de que si querían algo podían conseguirlo con un chasquido de dedos. El problema es que, en aquel momento, para mí era una cuestión de supervivencia.

Dije que sí porque estaba derrotado, agobiado, hasta las mismísimas narices. Me senté en la silla, me quité el jersey y miré al mercado mientras Bertotti y el Griego discutían los detalles.

—¡Spiky! —Bertotti me miraba. Al principio, no supe muy bien qué pasaba, pero luego me di cuenta de que, al quitarme el jersey de cuello vuelto, había activado el plan sin quererlo—. ¿Qué es eso que tienes en el cuello?

—¡Por San Nicolás de los gatos, es verdad! —El Griego tenía los ojos como dos brikis de latón.

En el fondo, yo iba a la reunión de la Comisión con esperanza. El chupetón desde el principio era un seguro de vida. Una forma de desviar el tema de conversación si la cosa se ponía tensa o triste o dolorosa. Y eso fue justo lo que ocurrió. Hablamos un rato de Lola, de cómo iba todo, de si me gustaba de verdad, de por qué no iba un día por allí y se la presentaba. Y eso difuminó el problema de la Comisión. Ya estaba todo dicho y, en condiciones normales, nos habríamos quedado regodeándonos en ello un buen rato. Pero mi noviazgo falso con Lola aportó ese pequeño trocito de esperanza compartida que no había encontrado en la reunión.

El día empezó a deshacerse como un azucarillo en agua tibia. Casi no hablamos más. Todo el mundo me miraba, pero yo ya no sabía qué significaban esas miradas. Los más cercanos se esforzaban en fingir que no pasaba nada, que todo seguía igual, que el futuro era una ficción delirante y que no tenía sentido que nos afectara. De todas formas, no eran especialmente buenos en eso de fingir. Cuando recogí lo poco que tenía (aún no había llegado el pedido de García), el Griego se me acercó y me pidió que lo ayudara a llevar las cosas al coche con el carro. Le pregunté si estaba bien, porque sólo me lo pedía cuando la ciática no le dejaba dar un paso, pero en todo el día no se había quejado ni una vez. Dijo que sí, que algo chafado, pero que estaba bien. No me esperó, echó a andar y pasó cerca del puesto-librería y le dijo a Bertotti que le echara un ojo a mis cosas.

Lo alcancé cerca de la puerta del parking, nos subimos al ascensor y recorrimos juntos sin decir nada el camino hasta donde solía dejar el coche. Pero de repente se paró. Cuando giré la cabeza estaba quieto, mirando una enorme pared pintada de azul.

—¿Sabes por qué siempre vengo al coche por este lado?

Dejé el carro y me acerqué a él.

—No tengo ni idea.

Durante unos segundos noté cómo buscaba las palabras.

—Yo salí de Limasol...

—Escondido en un cargamento de queso Hallumi. —terminé la frase y sonrió. La había repetido tantas veces...

—En un cargamento de Hallumi, efectivamente. Siempre he pensado que nunca «vine» a Inglaterra, yo simplemente hui de Chipre. Me topé con Inglaterra, me topé con... esto. —Se volvió a quedar callado—. No buscaba trabajo, ni un futuro mejor ni una vida buena... Igual eso era lo que decía, pero no era verdad. Solo estaba perdido. Nada más. Sólo quería llegar a un sitio donde fuera fácil tener esperanza. Con eso era suficiente.

El Griego me contó que durante mucho tiempo no estuvo seguro de que ese sitio fuera Inglaterra. Tuvo muchos trabajos, se metió en muchos líos, vivió en muchas casas. En Birmingham, en Stewartby, en Northampton.

Con el tiempo, las cosas empezaron a mejorar; él se sentía perdido, desdibujado: cada vez le resultaba más difícil reconocerse en las cosas que hacía, en las decisiones que tomaba, en las ideas que se le pasaban por la cabeza. Todo iba bien, pero él estaba cada vez peor.

—Hasta que un día, mientras volvía a casa en el bus, vi una pared. Una como esta. Y no sé cómo explicarlo. Por diez segundos creí que estaba viendo el mar... Y me di cuenta de que esto es lo importante.

—¿Una pared azul?

Me miró y estuvo a punto de contestarme, no sé, que me dejara de tonterías, que estaba hablando en serio, cojones. Pero no lo hizo, siguió hablando como si no lo hubiera interrumpido.

—Cuando uno ha crecido junto al mar, con su referencia infinita siempre constante en el horizonte, no acaba de orientarse bien en las ciudades de interior... Durante esos diez segundos me recordé. Bajo el sol, con el olor a sal, con el sonido del mar... Fue como volver a ser yo, como encontrar una referencia: me acordé de quién era. Eso es lo importante, Spiky.

Dejó de hablar y yo no dije nada. Allí estábamos los dos, mirando una pared azul. Al rato, arrancó a andar de nuevo hacia el coche. Seguimos en silencio. Me pidió que metiera las cajas en el asiento de atrás porque el maletero estaba roto, y se quedó mirando hacia la pared. Desde el coche no se veía.

—Uno corre el riesgo de perderse a sí mismo, hijo —dijo justo antes de meterse en el coche—. Este mundo es una mierda. Una putísima mierda. Y mientras luchas con todas tus fuerzas, mientras te revuelves y tratas de seguir respirando, de seguir viviendo… corres el riesgo de perderte. Por eso, esto es lo importante, Spiky. Que no olvides quién eres y por qué viniste a Inglaterra.

Costas se marchó y me quedé mirando la pared temiendo que en ella estuvieran todas las respuestas y yo fuera incapaz de verlas. ¿A qué había venido yo a Inglaterra?

CUATRO

A veces (sobre todo, los que acababan de llegar y me encontraban por casualidad y se alegraban de ver algo «familiar» en mitad de un caos de entrevistas de trabajo a cuál más humillante) me preguntaban cuál era el secreto para tener un negocio así. Me sigue haciendo gracia que siempre fueran esas mismas dos palabras («secreto» y «negocio»), cuando es evidente que ninguna de las dos tenía demasiado sentido.

Nada de aquello podía considerarse un «negocio». Ni siquiera la carpa era mía: la pone el Condado. Desde el principio había escogido minuciosamente los mercados en los que la carpa estaba incluida porque si llovía, no me podía permitir tirar la «*fee*» del día a la basura. No, no era un negocio. Eran dos cajas de porexpán llenas de chorizos, jamón, salchichón y cuñas de queso manchego envasadas al vacío; una mesa plegable, como de camping, que compré rebajada en una tienda de segunda mano del Ejército de Salvación; tres tablas de madera que me costaron un riñón en el Marks and Spencer y una ristra de banderitas de España que compré en un bazar chino y que colgaba en la carpa para darle un aire más pintoresco.

Y el carro, claro. Un carro amarillo, metálico; de esos que usan los repartidores de bebidas para llevar las cajas de botellines. Lo compré en el ASDA, de oferta. También compré allí las cuerdas elásticas que usaba para asegurar todo el chiringuito una vez recogido. Me gustaba ese carro, me daba tranquilidad. Había noches, cuando me costaba conciliar el sueño (sobre todo en aquella casa enorme y fría y extraña de Union St.), que lo miraba y pensaba que si me hacía rico, si levantaba un imperio, lo pondría en la entrada de las oficinas centrales, en una peana, para que todo el mundo pudiera verlo al entrar y pensasen «ahí empezó todo». Luego me decía que en realidad no necesitaba hacerme rico, que eso era fiar muy largo: que bastaba con conseguir poner una tienda física o algo así. Algo. Un signo de que al final lo conseguí; de que no había fracasado, de que no era un fraude; de que quizás todo mereció la pena.

Al final, porque siempre me dormía mucho más tarde, desquiciado por no conciliar el sueño, me conformaba con pensar que siempre podría llevármelo (magullado, más perdido que cuando me fui y muerto de vergüenza) de vuelta a casa.

Y si ese era el «negocio», imaginad qué hay del «secreto». El secreto era poner el despertador a las cuatro de la mañana y a las cuatro y cinco y a las cuatro diez y a las cuatro y cuarto. Y levantarme arrastrando los pies, esperando que el baño estuviera libre. Y beber café frío por no querer despertar a nadie. La cosa había mejorado, pero durante meses y meses el secreto había sido abrigarse, montar el carro, salir a la calle y recorrer las 900 yardas que había hasta la parada del bus de Northampton (350 si ese día tocaba Peterborough).

El secreto era esperar el bus a las cinco y poco de la mañana, sobre todo cuando llovía, porque el secreto, supongo, era también no tener coche y discutir una y otra vez con cada nuevo conductor, explicarles a todos que el carro cabía perfectamente y, además, que cumplía la normativa. Había que ir de pie, eso sí. Inmovilizar el carro con el cuerpo, tener cuidado de que no volcara en una curva y aplastara a alguien o, peor, se me cayeran todas las muestras al suelo y tuviera que volver a cortarlas de nuevo. Ese era el secreto: que no se cayera el carro.

O no, no, esperad; el secreto estaba en pasar todo el día ofreciendo muestras y explicando en inglés la diferencia entre el chorizo y el salchichón. Lo hacía para vender y forrarme y poder poner el carro en una peana, sí; todo eso está muy bien. Pero, sobre todo, lo hacía para que no quedaran muestras y poder cenar algo que no fueran trozos de chorizo y queso resecado.

El secreto, durante meses y meses, fue recoger, despedirme, volver a casa, meter el embutido en la nevera, tirarme en la cama y comer queso y chorizo y mirar el carro, imaginar tonterías, no poder dormir. Querer llorar por no ser capaz.

¿Que a qué coño había ido yo a Inglaterra? Eso me gustaría a mí saber.

—Hola, mamá.

Era jueves. Es decir, uno de los dos días de cada semana en los que sólo se podía vender fruta y verdura en el mercado. Normalmente aprovechaba para ir a otras ciudades, pero ya hacía días que, temiendo lo que podía ocurrir con el Consejo, había decidido tomarme ese jueves libre.

—Hola, cariño, ¿estás bien? Tienes mala cara.

Como para no tenerla. Había pasado una noche de mierda y hacía muchos meses, desde que me había mudado con Salim o poco después, que no lo pasaba tan mal al acostarme.

—No, no me pasa nada.

—Pero si se te nota.

—Me duele un poco la cabeza. He salido un rato del laboratorio para despejarme y he pensado en llamaros. ¿Qué tal va todo por ahí?

Mi madre estaba en la cocina. Detrás de ella se veían los azulejos de cuadrados y flores y los muebles de formica. Era jueves, día de macarrones pasados y atún de lata y salsa de tomate. Era jueves, pero era pronto para empezar a cocinar.

—Bien, cariño. Como siempre. Tu padre está ahí, en el salón.

—¿Siguen sin llamarlo? —pregunté. Hacía algunas semanas, una noche, mi madre me había confesado muy bajito que cada vez empezaba a beber antes y que poco a poco se estaba consumiendo en el sofá.

—Qué va. Yo estoy aquí en la cocina, que acabo de llegar del mercado. Esta tarde iré un rato a coser a ca la Juani, que le ha salido un vestido de novia.

¿Qué fueron? ¿Treinta, cuarenta años? Cuando llegó del pueblo y, tras algunos años como peón de obra, mi padre empezó a trabajar de comercial de azulejos, suelos y otros materiales de construcción. Un montón de tiempo y, durante la burbuja, las cosas le fueron bien. Muy bien. Eso fue lo que le hizo animarme a estudiar una carrera, mientras la mayoría de mis amigos del pueblo entraban como aprendices de electricistas, yesaires o albañiles. Después de que todo cayera como un castillo de naipes y a una cierta edad, se quedó sin trabajo (no había nada ni nadie a quien vender ladrillos). Se quedó sin trabajo en un mundo en el que eso significaba quedarse sin nada. Y, pese a que había sido un buen hombre y había hecho más de lo razonable por la empresa y sus colegas, nadie hizo nada por ayudarlo, nadie lo llamó y, por supuesto, nadie lo contrató. Ni como vendedor, ni como nada.

Más que de dinero (vendieron el piso que se habían comprado unos años antes en la playa e iban tirando de los ahorros, de los trabajitos de costura de mamá de alguna cosa suelta), era una cuestión de impotencia. La sensación de inutilidad, de trasto viejo, de muerto en vida.

—¿Seguro que estás bien?

—Que sí, mamá, mira que eres pesada a veces. Estoy bien, de verdad. Algo agobiado con el trabajo, pero es normal. Ya sabes que esto es complicado, hay mucha presión.

Nos quedamos un momento en silencio. Dudé si hacer la pregunta que tenía desde hace más de un año en la cabeza («Mamá, ¿qué pasa si me vuelvo?»). No me atreví a hacerlo. No por nada, no por nadie... No sé, el miedo a veces es ciego y torpe. Hablamos los dos a la vez.

—Hablando de tu padre...

—Mamá...

—Dime, dime.

—No, dime tú, lo mío es una tontería.

—Lo mío también es una tontería. Hablando de tu padre y de la tesis, ya sé que a menudo es muy terco y no dice nada. Ya sabes que le cuesta: es todo simpatía en la calle, pero para dentro... Te decía que el otro día fuimos a ver al primo Federico, el que estaba casado con la que tenía el horno de la Calle Real, y me habría gustado que vieras lo orgulloso que estaba cuando le preguntaron por ti. Hacía meses que no le veía esa cosa en los ojos. Nada, para que no se te olvide cuando estés agobiado, que te queremos mucho, que estamos muy orgullosos. —Tenía la boca seca y me temblaba una mano—. ¿Qué me ibas a decir?

—Nada —contuve la respiración—, que si me podías dar la receta de los macarrones de los viernes, que quiero hacerlos mañana, pero los he intentado hacer un par de veces y no me salen igual y los echo de menos.

Cerré la sesión del ordenador y salí a la calle. Estaba en la biblioteca y necesitaba despejarme. Empecé a caminar muy rápido, sin mirar hacia dónde iba. La angustia seguía ahí, cada vez más arriba... era como si me persiguieran, pero solo me perseguía yo mismo y por mucho que corriera siempre estaba a punto de pillarme. Cuando me quise dar cuenta estaba en un camino sin salida junto al río, cerca del Northampton Lock. Nunca había estado allí. No había nadie a la vista. Grité.

Me senté en el suelo, traté de respirar, de ordenar mis pensamientos, de intuir una salida. Pero fue inútil. Como el día lo había dado por perdido, para tranquilizarme, paseé por Northampton, por la ribera del río Nene y entre las naves de las afueras. Paseé por la librería de segunda mano de Oxfam, entré en el cine (me salí a los diez minutos) y me entretuve un rato viendo como patinaban en el *skatepark* que había junto a la A428. Un poco más adelante, vi la puerta de un pequeño parque que era, en realidad, un cementerio descuidado y fuera de uso. Vi un banco de piedra y me tumbé sobre él esperando que no fuera una lápida desgastada.

Me entró hambre y salí por otra puerta buscando algo que comer. El primer establecimiento que vi, justo frente a la puerta principal del antiguo cementerio, era un jamaicano; si es que se podía llamar así a un pequeño local que no era otra cosa que la parte frontal de una casa. En la trastienda, tras cuatro mesitas con manteles de cuadros verdes y amarillos y una barra con taburetes altos de polipiel negro, se atisbaba una cocina y a dos señoras mayores sentadas mientras charlaban.

Miré la carta del luminoso y pedí Jerk Chicken.

—¿Quieres guisantes también?

—No, gracias. Sólo arroz.

Eran cincuenta peniques más, es cierto; y nadie nunca en la historia de la humanidad ha salido de pobre por cincuenta céntimos, pero aquello ya me parecía un despilfarro: los guisantes eran un lujo que no me podía permitir.

Me dieron un recipiente de papel de plata y pedí un set de cubiertos. Me volví al parque, busqué mi banco y me senté. Fue entonces cuando probé el pollo y sentí, con un grado de realismo y definición realmente extraordinario, que mis papilas gustativas se morían una a una. Fue como si en vez de capsaicina, el pollo llevara pequeños clones de Godzilla que sembraban muerte y destrucción por toda mi lengua, por el cielo de la boca, por la parte interior de los carrillos y la boca de la garganta. Me eché a llorar, un calor horrible me recorrió el cuerpo.

Comí arroz, pero ya se había empapado del caldo y picaba casi más que el pollo. «¡Los guisantes!», pensé mientras me desesperaba y descubría lo inútil que era. No tenía agua, ni nada que beber. Sólo tenía un paquete de pañuelos de papel que me metí en la boca con la esperanza de que absorbieran algo del picante. Pero sirvió de poco: me levanté para buscarlos en el chaquetón y me tropecé mientras me los metía en boca. Me mordí la lengua, me hice daño en el hombro, me llené enterito de barro. No fue grave, sólo doloroso y humillante. Fue, además, una epifanía.

Antes de matricularme en Biología, hice un año de Filosofía. Siempre había idealizado a los que estudiaban la carrera y, conforme nos acercábamos a la selectividad, aún más: eran gente tan culta, crítica y comprometida que renunciaban voluntariamente a tener algún futuro laboral en pos del amor a la sabiduría. Me bastaron nueve meses para descubrir que la mayoría eran sencillamente gilipollas, papagayos repitiendo lugares comunes o daños colaterales de algún profesor que se creía la versión moderna del de los poetas muertos.

No obstante, pasar tantas mañanas en la cafetería de aquella mole de hormigón en lo alto del campus me enseñó cosas: aprendí que A→ A no es una contradicción, que Descartes era un hijo de la gran puta y que hay ciertas preguntas existenciales que es mejor hacerse tirado en suelo, con lágrimas en los ojos y la boca convertida en un infierno de dolor, pañuelos de papel y capsaicina.

Allí, en el suelo de un cementerio abandonado y lleno de rastrojos, comprendí que quizás la pregunta no era por qué había ido yo a Inglaterra, sino por qué me obstinaba en seguir allí si todo parecía estar diseñado para querer joderme la vida.

La explicación de por qué estaba allí, por más vueltas que le diera en busca de una iluminación existencial, era completamente prosaica. Porque España se caía a pedazos y, tras echar miles de solicitudes, lo único que me habían concedido era una beca para irme a Reino Unido a hacer una tesis sobre el comportamiento de las cigarras. Querían un español porque esas cigarras eran un vector de la *Xylella fastidiosa*, el «ébola de los olivos» y les vendría bien alguien para hablar con la gente de Jaén y Córdoba y Granada. Pero a mí me daba absolutamente igual.

Si me hubieran contratado en una central lechera a las afueras de Rauma, allá que me habría ido. Ese era el porqué y, sin embargo, no me servía de nada. El porqué que no entendía era el que me hacía seguir allí, aunque la isla entera parecía conspirar contra mí desde aquel día 28 en que me habían dejado de ingresar el dinero de la beca.

Aguanté como pude, pero al final fue inevitable ponerme a buscar trabajos que poder compatibilizar con las catorce horas que tenía que echar en el laboratorio. Probé varias cosas, pero acabé comprándome una bicicleta de tercera mano y repartiendo comida otras cuatro o cinco horas después de salir del trabajo.

Mi jefe fue comprensivo. No había día en que los periódicos no hablaran sobre cómo el sur de Europa se estaba ahogando en sus propios jugos y entendía que tuviera que buscar alguna forma de seguir con la tesis. Lo fue, eso sí, durante dos semanas, quizás un mes: hasta que me dijo que aquello era un trabajo y que, si no podía con él, sería mejor que me tomara un tiempo y dejara hueco a otra gente.

Me volví a España unos días buscando la mejor manera de contar que me volvía, pero las calles sabían distintas. No es sólo que prácticamente todos mis conocidos (mi padre, mi hermana, mis dos tíos, los amigos que me quedaban allí) estaban sin trabajo o muy en precario: era el ambiente, era el color del cielo, era todo. No podía dormir, no podía estar despierto. Me quería volver a Inglaterra, no quería salir de mi cuarto.

La idea de vender comida española la saqué de una reposición de *Españoles por el mundo* que vi a las dos de la mañana. En Rusia, creo: era un centro de investigación flipante en plena tundra siberiana, pero el entrevistado se acordaba de la comida española. Decidí volver y aguantar hasta que se resolviera lo de la tesis y así regresar a la normalidad.

Pero esa normalidad se empeñó en no darse por aludida durante muchos meses. Y ahora que parecía que había conseguido algo de estabilidad, volvía a la casilla de salida.

Total, que llegué a casa derrotado, con la sensación de haber perdido el día. Pero cuando iba a meter la llave en la puerta del apartamento, escuché que Salim hablaba con alguien. Con Gloria. Les había pillado, ja. Igual se pensaban que había ido al mercado de Kettering y se habían confiado. Salim estaba cocinando y Gloria le estaba contando algo.

—De todas formas, lo más surrealista ha sido lo de la señora y el gato. —Me esperé en la puerta del apartamento. No tenía claro si iba a revelar todo el pastel del romance secreto o iba a darles la oportunidad de seguir con la farsa, pero tenía curiosidad por saber de qué hablaban—. Una señora de unos setenta años con un gato en brazos. Se planta en urgencias y nos dice que estaba malo, que si podíamos hacer algo. Todo el mundo explicándole que no sabíamos nada de gatos, que no podíamos hacer nada. Pero la mujer allí, erre que erre... Y, claro, nadie quería llamar a seguridad.

—¿Y qué pasó?

—Pues que apareció Blevis, uno de los celadores mayores, la saludó con mucha dulzura y le preguntó que cuántos años tenía el gato. Le dijo que tres años y él contestó que entonces debía irse a pediatría.

Los dos empezaron a reírse a carcajadas y yo también. Entonces se dieron cuenta de que estaba ahí, pero no hicieron ningún intento de esconderse. Salim llevaba el mismo chándal de críquet que solía ponerse en casa, pero ella iba demasiado arreglada. No es que fuera vestida de largo ni nada de eso: una chupa de cuero, unos jeans y no recuerdo bien qué más; maquillaje y un pintalabios rojo tirando a oscuro: se había arreglado.

—Uy, uy, uy. Gloria qué guapa. —Al menos aprovecharía para meterme con ellos—. ¿No habrás quedado con alguien hoy, no? ¿Noche loca? ¿Algún médico soltero a la vista?

—Pues no sé, tú me dirás, merluzo: he quedado contigo.

—¿Conmigo?

—¿Me estás vacilando? —Me esforcé en ocultarlo, pero estaba totalmente fuera de juego y no conseguí poner cara de broma—. Coño, Spiky, hoy es la presentación de tu amigo.

Mierda, mierda, mierda. El libro de Woodhouse. Esa noche, Woodhouse presentaba su último libro. Mierda. Se me había olvidado completamente y eso que había estado tres semanas pidiéndole a Gloria que viniera conmigo porque a) ella tenía coche y b) pasaba de pegarme el viaje solo a Corby para ver la presentación de un libro que no me interesaba lo más mínimo. Woodhouse me lo había pedido con mucha insistencia y, en fin, al hecho de que era un buen cliente (y de que yo pensaba que me había buscado una cita), se unía el de que el catering (y la barra libre) eran gratis. Esto fue, al final, lo que convenció a Gloria.

Me vestí rápidamente y ella se fue a recoger el coche. Quedamos en vernos en la puerta de casa y me dijo que no tardara, pero fue ella la que no llegó. Cuando llevaba unos diez minutos en la acera, apareció andando, me preguntó si tenía el móvil de decoración (lo tenía en silencio desde el cine) y me dijo que el coche no arrancaba. Gloria trabajaba esa noche, no tenía sentido que intentáramos ir de otra manera. No iba a dar tiempo. Subimos de nuevo a la casa y empecé a escribirle a Woodhouse para disculparme...

—¿Y si le pides el coche al Griego? —dijo Salim, que seguía cocinando.

Miré a Gloria y pensé que no era mala idea... ¿por qué no nos lo iba a dejar?

—Porque es un trasto, Spiky. No es tan viejo como yo, pero casi. La última vez que metí sexta...

—... en 1848... —Bertotti parecía divertirse.

—... la última vez que metí sexta parecía que se iba a desguazar.

—Si no quieres prestarle el coche al crío, no hace falta que te inventes excusas. —Bertotti ya se reía abiertamente.

—Qué cabrón eres. No es eso, Spiky, de verdad. Pero, bueno, ¿por qué no se lo prestas tú?

—Pero si yo no tengo coche... Eso sí, podéis usar el almacén todas las veces que queráis para ir a Corby.

—Es que... está fatal, en serio. Por ejemplo, no funciona el maletero.

—No nos hace falta el maletero. —Gloria empezaba a impacientarse. Ella tampoco entendía muy bien la situación.

—No insistáis —les corté—. Si Costas dice que el coche no está bien, no está bien.

—Pero si el sábado pasado se lo prestó a Haddock para… —Bertotti se lo estaba pasando de lo lindo.

—Y aún huele a pescado.

—Ah, no —dijo Gloria—. Si huele a pescado…

—Costas —la interrumpí—, ¿nos lo prestas o no nos lo prestas?

Empezó a hablar sobre que la ventanilla izquierda de atrás no cerraba bien, el cinturón del acompañante tenía truco, los dos limpiaparabrisas iban a ritmos distintos y, tras pensar un rato para no dejarse nada, me repitió que el maletero era muy difícil de cerrar y que a lo mejor no llegábamos a Corby; pero, cuando casi había perdido la esperanza, me dio las llaves. Íbamos tarde, pero algo era algo.

El libro se presentaba en un ala del centro de educación permanente que la Universidad de Rummidge tenía en Rockingham Castle, a media hora o cuarenta minutos de Northampton. Bueno, quizás «ala» era una palabra demasiado generosa. Se trataba de unas caballerizas reconvertidas. Era bonito, estaba decorado a medio camino entre lo vintage y el «aquí te pillo, aquí te mato» con algún toque moderno.

No esperaba ver a tanta gente allí. Seamos sinceros, Woodhouse era el mayor experto del mundo en Amargòs, uno de los grandes poetas catalanes de la segunda mitad del siglo XX; lo que ahora mismo significaba que no lo leían ni en su casa a la hora de comer. A mí me sonaba porque unos pocos años antes (menos de diez, seguro) se le fue la cabeza y lo ingresaron en un manicomio, convencido de que le habían recortado treinta y cuatro centímetros de altura y le acababan de conceder el premio Nobel. Pero aquello debía de ser más la excepción que la norma.

De hecho, el libro iba sobre una especie de diario en el que Amargós contaba en primera persona los días del brote psicótico. Lo había encontrado el mismo Woodhouse entre el archivo completo del escritor. Un archivo que había adquirido la Universidad de Rummidge con dinero de la aún prestigiosa fundación Masclans, a insistencia de Woodhouse. Tras la muerte de Amargòs, ninguna institución ni española ni catalana quiso hacerse cargo de él y estuvo dando tumbos mucho más tiempo de lo razonable. En alguna universidad barcelonesa, el morbo de ese diario podía llegar a ser comprensible, pero ¿a quién le podía interesar un poeta loco con apenas quince libritos publicados que nadie leía ya?

A un montón de gente. La charla fue divertida: el caso del pobre Amargòs, desde luego, lo era. De una forma patética y triste, pero lo era. Woodhouse se nos acercó al terminar y se disculpó, con la promesa de volver a charlar más tarde, para ir a saludar al resto de los asistentes. Gloria y yo buscamos la mesa de catering más cercana a la barra de bebidas. Ahí fue cuando pasó.

Visto con retrospectiva, tiene todo el sentido del mundo, pero no me había imaginado (no lo había pensado siquiera) que ella pudiera estar en la presentación del libro. Lola, con sus ojos verdes, su pelo ensortijado, su sonrisa de... me dio un microinfarto de alegría primero y de pavor después. Instintivamente me agaché y fingí que me ataba los zapatos.

—¿Qué haces? —me preguntó Gloria.

—¿No lo ves? Atarme los cordones.

—Pero si esos zapatos no llevan cordones.

Así que la cogí del brazo, la arrastré detrás de una columna y le conté... la verdad. Que me había inventado todo lo de Lola. Todo. Le conté el ridículo espantoso que había hecho en la cita: había sido uno de los momentos más humillantes de mi vida, pero cuando llegué a casa estaban tan ilusionados que no supe cómo decirles la verdad y me metí de cabeza en un vodevil sin sentido.

Gloria se indignó. Más que justificadamente. No es que estuviera indignada, estaba indignadísima. Me dijo de todo: que cómo había podido, que esa no era forma de tratar a las amigas, que..., pero Lola se iba acercando y yo cada vez me ponía más nervioso: lo último que necesitaba era que Gloria llamara su atención. Así que quemé mi último cartucho y le dije que sí, que lo había hecho mal, fatal, que lo sentía mucho, muchísimo, que prometía compensarla pero, ojo, que no era la única persona de esa sala que era «creativa» con sus relaciones. Ella sonrió, se puso colorada y empezó a excusarse. La corté, mientras la movía detrás de otra columna. Y le dije que ya habría tiempo de hablar de lo que hubiera que hablar... pero necesitaba su ayuda, que Lola estaba allí y que me iba a morir de vergüenza como me la cruzara.

—Lo curioso del asunto es que de primeras parece que eres un tipo agradable, divertido; sensible incluso. Pero, chico, luego resulta que tienes un ego del tamaño de la Giralda: yo, yo y yo. ¿Te imaginas a esa pobre chica que se pensaba que iba a hacer una entrevista para su trabajo y resultó que el gañán baboso lo que quería era pasársela por la piedra? —Iba a protestar por lo de «gañán baboso» y por lo de «egocéntrico» y por lo de «pasármela por la piedra», pero la verdad es que tenía razón—. Que sí, que es bastante patético lo tuyo, pero ella que ni siquiera sabía de dónde venía el malentendido, imagínate el mal rato...

—Mejor me lo pones, ¿con qué cara me la cruzo?

No hizo falta especular. En cuanto Woodhouse cayó en la cuenta de que Gloria también era española, la trajo él mismo a Lola para presentársela, por si se animaba a ayudarla con la tesis. Al principio, pensé que se negaría: Gloria tenía una historia que contar, pero no le gustaba hablar de ella. Sin embargo, dijo que sí casi de inmediato.

Y diez segundos después de presentarla, Woodhouse se fue con la excusa de saludar a alguien más, dijo que vendría después y nos quedamos solos. Hablamos un poco los tres sobre la presentación y Lola fue simpatiquísima, como si nada hubiera pasado, empezó a contarnos cosas sobre el edificio. En efecto, había sido parte de las caballerizas del «castillo». Traté de parecer distante, profesional; de prestar atención a lo que decía y abstraerme de todo lo demás; pero hasta hablando de arquitectura me ponía nervioso.

Cuando caí en la cuenta de que desde hacía varios minutos solo podía pensar en sus labios, la Gloria de hacía diez minutos se apareció en mi cabeza diciendo «gañán», «baboso», «egocéntrico» y, encima, «acosador». Así que hice un enorme esfuerzo por centrarme en todo menos en ella. Me mantuve firme. Lacónico, pese a que Lola se reía mucho con lo que decíamos y a cada segundo que pasaba me parecía más mona. Casi demasiado. Pese a que Gloria había accedido de inmediato a hacer una entrevista para su tesis, ella siguió con nosotros el resto de la tarde. Se reía con cada tontería que decía y, cuando ya se iba, nos invitó a tomar algo con sus colegas de la universidad. Nos excusamos, claro. Gloria tenía que trabajar y, de hecho, hacía rato que deberíamos habernos ido.

—Spiky. —Gloria iba al volante esta vez.

—Dime.

Parecía que estaba buscando las palabras exactas... pero, antes de poder decirlas, sonó su móvil. Era Conchita, que se iba a dormir. Hablaban todos los días. Conchita le contaba lo que había hecho en el colegio, que la abuela la había llevado a un parque nuevo, que le había gustado mucho el último vestido que le había mandado. A Gloria le bastaba la dulzura de su voz para hacerte sentir en casa, para que supieras que todo iba a ir bien. Lo que no sabía dominar era su mirada. Por eso prefería las llamadas a las videoconferencias: porque, sobre todo cuando habla con su hija, la calidez de su voz convivía con una profundísima tristeza, la de sus ojos. Lo había visto un par de veces y no querría volver a verlo. Era demasiado real.

Pero allí estábamos, los dos en el viejo coche del Griego. Y así, ella conduciendo y yo sujetando el manos libres, pasamos casi toda la media hora que había de vuelta al hospital. Conchita le contó que habían celebrado el día de Andalucía (ya casi era 28) y que había comido pan con aceite y que habían tocado el himno con la flauta dulce. Cuando colgaron, nos quedamos en silencio. Me hubiera gustado saber qué decir, pero atravesamos las afueras de neón, las calles vaciándose y el suelo aún húmedo por las lluvias de la tarde y las palabras no vinieron. Aparcamos, ella cogió sus cosas de los asientos de atrás y yo salí para ponerme en el lado del conductor. Cuando nos cruzamos, la abracé y ella me abrazó. Intenté balbucear algo, pero no pasé del «Glo». Ella me apretó el brazo y me dijo que no me preocupara, que lo sabía.

—Por cierto, Gloria, ¿qué querías decirme antes?

Cuando ya iba a meterse por la puerta de personal, soltó una carcajada.

—Que eres gilipollas, Spiky. Yo no sé qué película te has montado en la cabeza, pero...

—¿Pero? —Las puertas se cerraban detrás de ella.

—Que a esa chica le gustas.

Y entró en el hospital riéndose en voz alta. Mi cara debió de ser un poema: la de un gnomo de jardín resolviendo una integral con los dedos de los pies. No entendía bien lo que acababa de decir. O, mejor dicho, lo entendía perfectamente, pero esas seis palabras estaban paradas en un atasco en mitad del nervio vestibulococlear provocado por una banda de hormonas en pleno levantamiento armado. Me monté en el coche y tiré para casa. Estaba cerca, pero tenía que ir a aparcar el coche en el parking. Recorrí la ciudad de noche, dándole vueltas a lo que había pasado. No tenía claro haber entendido nada, pero llevaba una sonrisa en la boca. ¿Hablaba en serio o me estaba vacilando? Cuando encaré la entrada del parking y antes de coger el tique, me sonó el móvil. Era Gloria.

—¿Te parece normal cómo me has ...?

—¿Estás todavía por aquí?

—Aparcando.

—Pues vuelve, por favor. Es por el Griego.

CINCO

De uno a diez, ¿vale? Digamos que uno es la indiferencia más absoluta y que diez la «Elegía a Ramón Sijé»... ¿Qué puntuación le daríais a un pato cubierto de hormigas? O, mejor, ¿cuántos puntos le daríais a uno de esos golfos del estrecho de Magallanes en los que no entra nadie nunca? Sé que la pregunta es rara, pero haced un esfuerzo. ¿Cero? ¿Menos siete puntos?

Es que menudas mierdas tiene uno que leer. Pero la culpa es mía. No sé en qué mala hora se me ocurrió hacerle caso a internet. Otra vez. Pero ahí estaba, en un baño portátil, leyendo tutoriales sobre «contraer la cara y hacer sonidos espasmódicos acompañados de lágrimas y mocos». Sobre llorar, vaya. O sobre tener los ojos rojos o parecer afectado o qué sé yo. Aunque lo peor no era eso.

Lo peor ni siquiera fue tener que escoger entre restregarme cebolla en los pómulos, pintarme puntitos con un delineador rojo en el contorno de los ojos o hacerle caso a un indocumentado que dice que para llorar lo mejor es pensar en el puto estrecho de Magallanes. Lo peor era el porqué.

—Spiky —Gloria me despertó hablando muy bajito—, deberías irte a casa.

Me había quedado dormido en la sala de espera. Tardé unos segundos en entender dónde estaba y por qué. Unos cuantos segundos más. Medio minuto quizás. No tantos, en todo caso, como para que fuera necesario que Gloria repitiera lo que había dicho.

—Que no, Gloria, que no. Ya se lo he dicho al médico de antes. Que mientras no llegue nadie, no me voy. No quiero que se despierte y esté solo.

—Es eso, Spiky.

Me agarró la mano y me miró. No recuerdo sus ojos esa noche. Creo que tenía la vista aún desenfocada por la luz blanca del hospital de madrugada. Tampoco recuerdo sus gestos ni el ambiente general. Pero sí recuerdo el tacto de su mano. Casi la estoy notando ahora mismo.

—No se va a despertar. Si yo fuera tú, me iría a casa. Dúchate. Duerme un poco. Van a ser días duros.

Le dije que sí, que vale. Y recogí mis cosas, le di un beso en la mejilla y me fui. Pero la verdad es que no había comprendido muy bien lo que me acababa de decir. No había comprendido muy bien nada de lo que había pasado desde que me había llamado la noche anterior. Era muy de madrugada, el hospital estaba vacío y la calle aún más. Me hizo bien caminar, sentir el frío en la cara, poder estirar las piernas. El resto es confuso.

Sólo recuerdo que llegué a casa, me descalcé y, caminando a oscuras, me metí en la cama con la ropa puesta. Juraría que me había tumbado con la impresión de que no iba a ser capaz de dormirme. Habían pasado tantas cosas, era todo tan surrealista, tan imposible que... no tardé ni diez segundos en dormirme. Me despertó el olor a café.

—¿Tan pronto? ¿Te he despertado? —Salim estaba en la cocina.

—No, no te preocupes. Quería llegar al hospital antes de que saliera Gloria.

En ese momento me di cuenta de que, si seguíamos con el juego al que llevábamos semanas jugando, ninguno sabría nada de lo que había pasado en las últimas veintiocho horas. Tendríamos que empezar de cero. Salim tendría que preguntarme qué pasaba en el hospital y yo explicarle todo lo que había ocurrido mientras, entre los dos, interpretábamos un teatrillo que a esas alturas resultaría ridículo. Estaba seguro de que Gloria ya había hablado con él o, al menos, le había dejado un mensaje.

El problema es que dejar el juego significaba tener muchas cosas de las que hablar, muchas explicaciones que dar y recibir. Así que nos miramos durante un momento, dudando, midiéndonos sin decir nada. E hicimos un paréntesis.

—¿Cómo estás?

—Bien. Estoy bien.

—¿En serio? No hace falta... Si necesitas algo. Ya sabes, ¿no?

—Que no, en serio. Igual no debería, pero estoy bien.

Y era verdad. Estaba bien. Me había despertado bien.

Justo antes de bajar al supermercado, Salim se apoyó en el quicio de la puerta de la cocina y me dijo que sabía que no era el mejor momento para hablar de eso, pero que tampoco quería que estuviera agobiado con el tema de la Comisión. Me dijo que él me prestaba el dinero que me hiciera falta para lo de las tapas, que ya se lo iría devolviendo como pudiera. Le di las gracias, de corazón; pero era cierto que no se trataba del mejor momento. Bajó al súper, terminé de desayunar y me fui al hospital.

Para poco, la verdad. No había ninguna novedad. Había sido un ictus. En el Forrester, mientras se tomaba su media pinta de cerveza amarga.

—Había tenido un final hermoso. —Nell, que ya se había ido a casa cuando llegué la noche previa, estaba allí—. Pasó a las 17:54, justo cuando daban el tiempo en Fitzroy. Empezó a mover las manos en el aire, como si jugara con unas flores, y les sonreía a las puntas de sus propios dedos. Dijo algo sobre el mar y la esperanza y el miedo. No entendí casi nada, no sé si hablaba en inglés o ya hablaba en griego.

Mientras Nell me contaba, yo miraba a Costas. Estaba en la cama, tranquilísimo. Parecía un pajarito. Gloria me explicó que habían hablado con el hijo, pero que se había ido a Gran Canaria a una «despedida de casado», había conocido a una viuda afincada en la isla y no había vuelto. Que iba a mirar aviones, pero que no sabía cuándo podría volver. Hablaría con el pappas de St. Neophytos y con el abogado y con el del seguro de decesos. Se había comprometido a que les diría algo cuanto antes.

Cuando se fue Gloria, nos quedamos a los pies de la cama sin decir nada. Yo lo miraba a él, ella miraba por la ventana. Al rato, Nell me pidió que fuera yo al mercado, que no tenía fuerzas.

—Además, a ti se te ve bien. Entero. Yo ahora mismo no sé si podría decírselo a nadie sin deshacerme.

Era verdad. Me miré en uno de los espejos de la habitación y sí, tenía ojeras, estaba despeinado y parecía exhausto. Pero es que ese era mi uniforme habitual de trabajo. Acordamos que yo iría al mercado y ella estaría allí durante la mañana. Luego, me quedaría con Costas por la tarde para que ella pudiera abrir el pub. Así no lo dejaríamos solo.

Esperé a que Gloria se cambiara y pillamos un café para llevar en un puesto ambulante de Billing St. Hablamos muy poco. Sólo cuando nos estábamos acercando a su apartamento empezó a contarme cosas curiosas que le habían pasado por la noche. Intenté reírme, pero no conseguí hacerlo de verdad. Nos despedimos y seguí hasta el mercado.

La plaza estaba igual que siempre: un bullicio de tenderos montando los puestos, algún comprador despistado, las carpas rojas y blancas moviéndose con el viento. Me saludó uno de los miembros de la Administración y aproveché para decirle que hoy no iba a poner el puesto, que ahora les contaría. Caminé muy despacio hacia nuestro rinconcito de la plaza. Bertotti solía llamarlo «el cuarto latino» para hacer rabiar a Costas. Desde donde venía no había una vista directa de su puesto. Temí durante un momento que ver el hueco del Griego me resultaría duro, pero no lo fue. Estaba bien. Seguía bien. No entendía qué me pasaba.

—¿Vienes de empalme? —me preguntó Bertotti, y sólo entonces me di cuenta de que llevaba la misma ropa arrugada de ayer.

Empecé a decirle que sí y que no, pero no atinaba a construir una frase que tuviera sentido. Al verme tan arreglado, algunos tenderos se acercaron a cotillear.

—Oye, ¿a ti Costas te había dicho que hoy no iba a venir?

Ahí estaba. Le dije que por eso estaba así vestido. Que Costas…

Y entonces pasó algo. Mientras contaba lo que había sucedido, apareció la sonrisa. Al principio no fue nada evidente: una comisura que se arqueaba o algo más sutil. Pero como si fuera helio dentro un globo, esa gesticulación involuntaria creció rápidamente hasta llenar cada hueco disponible en mi cara. Me moría de vergüenza, pero ahí estaba, en mitad del mercado, contando algo que iba a destrozar nuestro mundo con una puta sonrisilla.

Como si fuera divertido, como si me hiciera gracia, como si fuera broma. Les estaba explicando que Costas había tenido un ictus, que no estaba muerto, pero que era cuestión de tiempo; que el mamarracho del hijo estaba en Maspalomas y que nadie podía hacer nada. Y, mientras tanto, sonreía.

Sabía que no estaba bien, no podía estarlo. Pero, a la vez, no estaba mal, me sentía bien y no entendía por qué.

Seguía hablando, en una carrera contra mí mismo: les conté lo que me había dicho Nell, que ella estaba allí y que yo iría luego. Me pasaba la mano por la cara, tratando de ocultarlo, de parecer afectado. Pero cada vez era más evidente. Mary Hobson, de hecho, llegó a preguntar si era otra broma sin gracia de Costas. Pero Bertotti, que me vio mejor de lo que yo podía verme a mí mismo, le dijo que no. En ese momento quise morir.

—¿Cómo estás? —Tampoco a Bertotti pude decirle la verdad.

Cuando algo golpea un cuerpo con violencia, el primer impacto se lo lleva la piel. Así empieza. Con decenas de pequeños vasos rompiéndose bajo la epidermis, con la sangre filtrándose por los tejidos, con el color rojo intenso amoratando la carne. Y el sistema tegumentario se hincha, se llena de líquido, de células intentando reparar los daños. Pero no pueden porque eso es solo el principio: el músculo se llena de microhemorragias; se tensa, se inunda. Las fibras se rompen y, si el golpe ha sido en una zona delicada, el sistema nervioso empieza a chillar, entra en shock y zonas como el diafragma pueden espasmarse.

Mientras daba la noticia, vi ese espasmo: vi como el mercado dejaba de respirar durante unos segundos, como la gente se volvía incapaz de comunicarse y como, del suelo, emergía una neblina incierta que nos envolvía como un edema. Pero yo no era capaz de reaccionar: yo seguía viviendo en el espasmo. Sabía lo que tenía que sentir, pero no lo sentía, no podía sentirlo. Y fue entonces cuando me temí lo peor: ¿y si lo que pasaba era que, en realidad, todo era mentira? ¿Y si yo y lo que pretendía ser éramos mentira? ¿Cuántas veces había dicho, como halago, que aquella era mi familia postiza? Pero ¿y si en realidad lo importante de esa expresión no era lo de «familia», sino lo de «postiza»? ¿Y si no habían sido más que los secundarios de una peripecia menor de mi vida y, como tales, eran completamente sustituibles? ¿Y si había estado todo ese tiempo jugando a ser alguien en sus vidas, pero ellos no eran más que decoración en la mía?

Durante años me había dedicado a hacer terrarios lo suficientemente realistas como para poder estudiar insectos en su hábitat natural. O en algo muy parecido. ¿Y si ellos eran mi terrario? Tenía que ser eso. Costas se estaba muriendo, el mercado estaba rompiéndose y yo no sentía nada. Peor aún, me hacía gracia. Me repetía que no era culpa mía. No del todo. Pero mientras todos se lamentaban, supe que era un impostor. Y cuando lo descubrí, lo único que me quedaba era fingir.

Me escondí en uno de los baños portátiles que habían puesto en la plaza y busqué desesperadamente formas de llorar y parecer triste y tener los ojos rojos. Me escapé al Tesco y compré la cebolla y volví a la plaza. Cuando me vio, Bertotti vino hacia mí y me dio un abrazo y Haddock el del *fish'n'ship* me puso la mano en el hombro y, por detrás, Mary Hobson comentó la mala cara que tenía y cuánto lo quería. La cebolla había funcionado, pero yo sabía la verdad y eso me estaba carcomiendo.

Y hui. Por más que he intentado reconstruir qué hice esa mañana, no lo recuerdo.

Sólo sé que llegué al hospital a la hora acordada, y que acompañé a Nell a por un café de máquina antes de darle el relevo. Caminamos los dos por el pasillo, serios, desubicados. Me puso al día mientras soplaba el vaso de plástico y nos quedamos callados, sentados en las sillas de la sala de espera. Sonó en el hilo musical algo de Tom Waits, una canción sobre un soldado que tenía que coger un tren. No llegamos a escuchar el final.

Antes de irse, me preguntó cómo estaba y a ella tampoco fui capaz de decirle la verdad. El hijo no había dado señales de vida, la tarde por la ventana parecía de primavera. Y yo miraba al Griego, dormido, casi feliz en la cama, y, por momentos, me quería morir antes que él.

Pagué la tele y pasamos la tarde viendo reposiciones de capítulos antiguos de series de la BBC. En algún momento me quedé dormido. Soñé cosas horribles. Cosas que no recuerdo, es cierto; pero que tampoco he podido olvidar Me despertó una enfermera con un café con leche y una magdalena. «De parte de Gloria», me dijo. No había comido en todo el día, pero tenía el estómago cerrado. Sólo podía mirar al Griego y sentirme una mierda. Creo que fue entonces cuando empezó a sonarme el teléfono móvil.

—¿Es usted el responsable de El Rey del Chorizo?

—Sí, soy yo. ¿Pasa algo?

—Verá, es que me he acercado al mercado y no lo he visto. Unos compañeros suyos me han dado el teléfono…

—Sí, estamos cerrados por un asunto... —dudé qué decir y luego me arrepentí de decirlo, pero lo dije— ... familiar.

—Ah, perdone. No lo entretengo: soy de Lipwig Developments. Sabemos que está preparando un proyecto para el mercado de Northampton y somos especialistas en este tipo de trabajos. Sólo quería concertar una cita para poder mostrarle...

—Sinceramente, no es el momento. No sé muy bien de dónde se ha sacado que estoy haciendo nada, pero...

—De la Comisión del Mercado. ¿No es usted el responsable de El Rey del Chorizo?

—Sí, sí. Pero...

—Es que este tipo de proyectos son muy complicados y la gente no suele tener experiencia en ello. ¿Se puede creer que hay gente que manda los dosieres en Comic Sans?

—¿Cómo?

—En Comic Sans, sí. Dios me libre de criticar a nadie, pero ¿Comic Sans? Que es normal, no es su negocio... pero mucha gente no sabe ni por dónde le viene el aire...

—Perdone, pero es que no entiendo por qué me habla de... ¿No le he dicho que tenemos un problema familiar? ¿En serio cree que es momento de hablar tipografías?

Y le colgué. Me quedé con ganas de cagarme en sus muertos, pero seguía en la habitación y ya había tenido suficiente. O eso creía, porque diez segundos después volvió a sonar el teléfono. Y ahí sí que le dije de todo. Me salí del cuarto para decirle que era un hijo de la gran puta. En castellano, además. Con el tono era suficiente.

Dos minutos después me di cuenta de que no era el mismo tipo de antes. Era el hijo de Costas. Me disculpé, le di el pésame y traté de explicarle lo que había pasado, pero él no tenía demasiado interés en escucharme.

Me contó que estaba buscando avión, pero que era muy difícil. Que el entierro tenía que ser veinticuatro horas después de la muerte y que estaba tratando de organizarlo todo desde allí por si no era capaz de llegar a tiempo. Los médicos le habían dicho que era cuestión de horas y, de hecho, lo iban a sedar en cualquier momento. Me dijo que había hablado con la iglesia y con la funeraria. Además, había llamado a Nell («la chica esta que lleva el pub») para darle las gracias y habían acordado organizar una pequeña recepción allí tras el funeral. En aquel momento, no sabía muy bien lo que era una recepción, por eso no entendí del todo lo que me estaba pidiendo.

—Verás, tío. Me preguntaba si querrías hablar en ella. Si te soy sincero, no sé mucho de la vida de mi padre y me siento un poco mal. Desde el divorcio, no levanto cabeza. No voy a fingir que tengo idea de quién eres, tío. Pero después de consultar con los demás, creo que a mi padre le habría gustado que hablaras tú.

Me apoyé en la pared y me dejé caer muy despacio. Intenté decirle que no era lo que pensaba que era, verbalizar que hablar en la recepción (fuera lo que fuera eso) era como acercarme ahora mismo a su habitación, cogerle la mano y escupirle en la cara; que no hacía falta alargar esta pantomima. Quería decirle todo eso y muchas cosas más. Pero vosotros ya me vais conociendo y sabéis que no sólo soy un impostor... También soy un cobarde. Así que sentado en el pasillo, con los ojos rojos de impotencia, le dije que sí, que claro, que vale.

—Espera, tío, soy un puto desastre. ¿Cómo estás? ¿Estás bien?

No dije nada. Colgó.

Me di una vuelta para despejarme y no llegar con esas vibraciones a la habitación. Cuando regresé, efectivamente, lo estaban sedando. No sabía si Costas sentía ya algo, pero le agarré la mano y se la seguí agarrando mientras respiraba cada vez más trabajosamente. No quería que se sintiera solo. No quería que él notara lo que yo acababa de descubrir. Esa no era forma de morirse.

La enfermera (la que conocía a Gloria, la de la magdalena y el café con leche) fue muy agradable conmigo, me dijo que no me preocupara, que ya no sentía nada, que ya no estaba en este mundo. No se lo rebatí, pero si algo me había enseñado la biología (y, podéis creerme, son muy pocas cosas) es que hay muchos más mundos de los que puede soñar nuestra filosofía. Para los murciélagos, el mundo está dado en forma de radar; para las pitones indias, en forma de infrarrojos, y, para las abejas, todo adquiere sentido gracias a la luz polarizada. Que Costas hubiera empezado a dejar nuestro mundo no significaba que nosotros no estuviéramos aún en el suyo. Le apreté la mano y esperé.

Murió sobre las nueve y, poco después, se lo llevaron para que la funeraria se encargara de él. Yo recogí mis cosas y, devastado, deshice el camino hacia casa. Mientras lo hacía, los pasos me guiaron hacia la justificación: no era culpa mía. No los había estado utilizando conscientemente, no había fingido nada, ni había engañado a nadie. Pero en el espejo del ascensor me vi la cara demacrada, deshecha en ojeras y con esa sonrisa aún en la boca. Corté las justificaciones de raíz. La mayor parte de las veces no saber es un agravante, a menudo no sabemos porque no queremos saber.

Vi un pequeño café en una esquina y me acerqué a comprobar si servían algo para llevar. No tenía hambre, pero llevaba muchas horas sin comer nada y parecía la idea más razonable.

—Pero ¿a quién tenemos aquí? —me preguntó alguien mientras miraba el expositor desde fuera del local—. Si es el mismísimo rey del chorizo.

—¿Es a mí? —No me lo podía creer—. ¿Lola? ¿Qué haces aquí?

—Ya iba para casa, ¿y tú?

—Iba a tomarme un café.

Estaba completamente descolocado. Si mi cabeza ya era un amasijo de cosas, ahora tuve que sumarle los nervios. Y la voz de Gloria diciéndome que le gustaba a Lola.

Miró el reloj y dijo que era una hora fantástica para tomarse un café, si me parecía bien. Así que entramos. El sitio se llamaba Rose Garden. La sala estaba llena de sillones que no hacían juego y tenía las mesas repartidas casi al azar. La luz era gris, un poco lúgubre. Pedimos dos cafés y un trozo de tarta y nos sentamos en una, cerca de la ventana. Nos quedamos mirándonos, embobados, sin saber muy bien qué decir.

—Pues si te parece empezamos y luego entramos en cuestiones más sociodemográficas... ¿tú sientes que eres...?

Y, ante mi cara de sorpresa, se empezó a reír. Primero ella y los dos juntos después. Y por primera vez en mucho tiempo todo pareció fluido y maravilloso. Me habló de su pasado, de lo que quería hacer cuando acabara, de que a veces se sentía un poco sola, de la tesis en la que trabajaba, del té, de las *bacon cakes* y de la lluvia en Inglaterra. No me preguntó por la ropa, pero sí me hizo la maldita pregunta sobre qué había sido lo que me había llevado a Inglaterra.

En aquel momento no me di cuenta de que me estaba volviendo a hacer una pregunta que ya me había hecho, tampoco me di cuenta de que contándole lo mismo le estaba contando algo distinto. Así que empecé a desgranar la historia que siempre le contaba a los españoles recién llegados al país, acerca de la tesis sin acabar sobre el comportamiento de los insectos, la crisis, las fusiones de los bancos, el final de mi beca, los trabajos temporales y, finalmente, de rebote, el mercado. Pero, no sé muy bien por qué, también le dije que llevaba meses con esa pregunta atravesada. Que todo eso que le había contado era verdad y era lo que solía decir, pero que, por algún motivo, sentía que nada de eso era la razón de que yo estuviera en Inglaterra. Dudé si hablarle de todo lo que había pasado en las últimas horas, pero lo descarté enseguida: no quería correr el riesgo de que cambiara su forma de mirarme.

—Quizá la pregunta no sea por qué viniste, sino por qué sigues aquí. —En diez minutos, Lola había llegado al mismo sitio al que a mí me había costado meses (y un infierno de capsaicina) llegar—. Es decir, ¿qué te atrae de todo esto?

—¿Sabes eso de que las polillas se sienten atraídas por la luz? —Asintió—. Pues hace un par de años me encontré con un chico del Imperial College que defendía que estábamos equivocados. Su teoría es que lo que ocurre es justo lo contrario. Las polillas tratan de huir, de alejarse, pero la luz las desorienta y acaban dando vueltas en torno a eso que les da miedo. No sé si lo habrá conseguido demostrar ya, pero pienso mucho en ello. No sé si todo esto me atrae o estoy huyendo de ello, pero no soy capaz de llegar a algún lugar seguro.

Al decir aquello, sentí los ecos del Griego en mi voz y, justo cuando iba a hablarle de lo que había pasado, me sonó el teléfono. Era Gloria.

—¿Estás en el hospital?

—No, estoy en una cafetería, a punto de volver a casa. ¿Ha pasado algo?

—No, no. Venía a dejarte algo de ropa limpia y ya me he enterado. Pero al ver el coche de Costas en el parking no sabía si seguías por aquí. —Se me había olvidado lo del coche. No me quise imaginar lo que me iba a costar el aparcamiento—. Entonces... ¿nos vemos en casa?

—Claro.

No estuvimos mucho más tiempo en el café. Estaba empezando a llover. Le pregunté si quería que la acompañara y me dijo que no, que me diera prisa que parecía iba a caer muchísima agua. Acordamos vernos en algún otro momento. Pronto. Nos despedimos y yo salí corriendo hacia el hospital.

Como llevaba la misma ropa que ayer, tenía el tique en la chaqueta. Pagué el parking, me subí al coche y arranqué.

No sé el tiempo que conduje por las calles de la ciudad. Llovía mucho y los carteles adquirían una tonalidad rara. Especial. Cerca del estadio de fútbol, un policía me dio el alto. Había tres coches y cuatro o cinco agentes, con chubasqueros, estaban haciendo un control. Se me acercó uno de ellos y me pidió el carnet de conducir, rodeó el coche alumbrando con una linterna y se acercó a sus compañeros. Al rato, volvió con el carnet y me pidió que le abriera el maletero.

—¿Cómo?

—Que si podría abrirme el maletero.

—Claro, agente. —La lluvia cada vez caía más fuerte y yo no tenía nada que ponerme a mano—. ¿Hay algún problema?

—Que si podría abrirme el maletero. —Juraría que no hubo cambios en su voz, ni en su cara ni en la posición de su cuerpo. Al menos, hasta donde yo podía ver con la lluvia. Pero la petición era completamente distinta.

Salí y seguí al agente hacia la parte de atrás. De repente, recordé que el maletero estaba roto.

—Disculpe, agente. Sé que suena rarísimo, pero acabo de recordar que el maletero está roto. Abre, abre perfectamente. No se preocupe, si quiere que lo abramos, lo abrimos. Pero no cierra. Y con la que está cayendo no me gustaría ir hasta casa con el maletero abierto.

—Le voy a ser sincero, señor... —Miró el DNI, pero no hizo ni el intento de pronunciar mi apellido—. Esto cada vez pinta peor. No tengo por qué dudar de usted, claro. Pero entienda que, en este punto, sólo podemos resolver el asunto de dos maneras: o revisamos el maletero o se vienen usted y su coche a comisaría. Lo que usted quiera. Y tengo toda la noche.

Tenía razón. No es que fuera a dormir mucho esa noche, pero no tenía el cuerpo para pasar lo que quedaba de ella en comisaría. Así que me puse delante, apreté el botón y abrí de la forma más melodramática que pude. Me giré hacia el agente e hice un gesto para mostrarle el maletero vacío.

Sólo que no estaba vacío, y el primer sitio donde lo noté fue en la cara del policía. Miró al maletero, me miró a mí. Volvió a mirar, y entonces me giré y miré yo también.

Me enfadé muchísimo y me morí de pena y grité y volví a gritar y me puse a reír a carcajadas. El policía me miraba sin comprender nada. Era incapaz de entender por qué tenía el maletero lleno de chorizos, quesos, salchichones y botellas de horchata. Ni por qué me hacía gracia. Yo me senté en el suelo, muerto de risa y, por fin, empecé a llorar de verdad.

SEIS

—¿Español?

Primero, sorpresa. Luego una especie de sonrisa. Siempre era igual, y, si no igual, muy parecido. No solo estaba empapado, mosqueado y hambriento, sino que iba a tener otra magnífica ración de Inglaterra. Que si le encantaba España, que si iba todos los veranos un mes a Calpe, a Magaluf o a Denia; que qué tierra más maravillosa, que no entendía qué podíamos ver en sitios como Northampton

—Y veo que es doctorando en la universidad... —Mierda, ¿le había mandado el currículum antiguo?—. ¿No tiene beca?

El currículum era el bueno. Sencillamente no sabía leer. Y después de explicarle que no, que *había* sido doctorando, que ya no tenía beca, que la fundación de la caja de ahorros que me la había concedido había quebrado y yo había tenido que ponerme a trabajar en ciento cincuenta millones de cosas, pero que daba un poco igual, que el último par de años lo había estado perdiendo en el mercado, pero que me acababan de echar: mi proyecto de foodtruck había sido rechazado cincuenta y tres minutos exactos después de que lo depositara en el registro. Que tampoco era raro, que esa semana había sido una semana de mierda y que seguramente el proyecto era una basura. Que estaba aterrado con la idea de volver a España y reconocer que había fracasado. Que estaba buscando un trabajo, cualquier trabajo, a la desesperada.

Bueno, la mayor parte de eso no lo dije.

—¿Y de qué era la tesis?

—Entomología... —Me miró con cara de póker—. Insectos. —La cara pasó a ser de asco.

—¿Y por qué le interesa trabajar en nuestra empresa?

Esa pregunta era difícil porque, en fin, no tenía el más mínimo interés en trabajar en su empresa. Al menos ninguno que pudiera confesar en voz alta. Era una empresa de publicidad directa. Es decir, si me contrataban tendría la suerte de poder estar catorce horas al día en la calle, de buzón en buzón, a cambio de un sueldo que a duras penas me permitiría ganar un poco menos de lo que necesitaba para vivir.

No es que llevara mucho tiempo buscando trabajo, pero por el momento sólo me habían llamado dos cadenas de comida rápida para currar de friegaplatos y esa empresa de buzoneo. ¿Que qué me interesaba de trabajar allí? No sé qué respondí exactamente, pero mi sensación fue que le gustó. Me hizo muchas preguntas, muchas más que en las dos entrevistas anteriores. Y, finalmente, levantó el currículum y me miró a los ojos.

—Ojalá pudiera contratarte, chico. Pero no va a colar: estás sobrecualificado para el puesto y la verdad es que los jefes no quieren gente deseando escapar de aquí. Además, y no te ofendas, tampoco estás muy en forma.

No me ofendí. Lo sabía perfectamente. De hecho, el motivo por el que estaba empapado, mosqueado y hambriento era precisamente ese. Que estaba gordo. Muy gordo. Llevaba una semana a dieta y ya empezaba a notar que todo mi cuerpo se iba reconfigurando para la nueva situación: mi cuerpo, poco a poco, iba rompiendo los lazos que le unían a los carbohidratos y las grasas y el azúcar refinado; mi mente se emancipaba de la esclavitud del glutamato, la comida con sal y la Coca-Cola normal. Me empezaba a sentir fuerte, libre, capaz de todo. Vamos, que nunca en mi vida había sido más desgraciado.

Pero era necesario. Desde la muerte del Griego ya iba a hacer un mes, había ganado peso a una velocidad preocupante. Siempre había tenido cierta tendencia a usar la comida como una forma de gestión emocional, pero aquello empezaba a ser un problema a poco que tuviera un espejo o una báscula cerca.

Esa mañana había tomado un café negro sin edulcorante ninguno (por eso tenía hambre), había decidido ir dando un paseo hasta el lugar de la cita (por eso estaba empapado) y llevaba veinte minutos escuchando gilipolleces (por eso estaba mosqueado).

Salí de la entrevista, me compré un dónut de chocolate y, excusándome en que iba tarde (lo que era cierto), cogí el transporte público hasta casa. Aún tenía que buscar el carro, ir al mercado y montar todo antes de las nueve y media si no quería que me sancionaran. O sea, que me iban a sancionar.

—¿Cómo ha ido? —Al verme en la puerta de casa con el carro, Salim me llamó para darme los carteles que le había pedido.

—No sé cómo responderte a eso sin ponerme a llorar. De verdad te lo digo, Salim. Es horrible.

—Ya te he dicho muchas veces que aquí hay trabajo.

—No empecemos otra vez, que es muy temprano para la mala leche que tengo.

—Pero es verdad.

—Da igual que sea verdad. Nada de esto va de eso, Salim. Ya lo hemos hablado: necesito hacer esto por mí mismo, necesito dejar de sentirme como un parásito.

Salim puso los ojos en blanco.

—¿Un parásito? De verdad, Spiky, ¿quieres dejar de decir gilipolleces? Tanto estudiar grillos y gusanos te ha dejado el cerebro de pasta de berenjena.

—¿De verdad tenemos que discutir esto a gritos en mitad de la calle?

—Pues sí, españolito de los cojones, porque parece que es la única forma de que entres en razón y dejes de decir esas cosas... ¿Qué parásito ni qué parásito?

—Pues sí, un parásito, sí. Es que esa es la palabra, y lo mejor es llamar a las cosas por su nombre: un puto parásito. Y no tiene nada que ver con los grillos y con los gusanos.

—Por supuesto que tiene que ver. Porque lo estás entendiendo todo mal. Todo. Y es porque te dedicas a mirar las cosas desde fuera y a hacer cuentas de quién gana qué y quién pierde no sé cuánto... ¿Te has parado a pensar alguna puñetera vez en qué pensará el grillo?

—¿El grillo? ¿Pero qué me estás contando, Salim?

—Pues eso, que mucha bata, mucho laboratorio, mucha tontería... pero nadie le ha preguntado al grillo. Tú ves parasitismo, porque ves el daño y sólo el daño, pero igual hay algo más allá del daño, igual hay amor. ¿Entra eso en tus ecuaciones, Spiky, o no?

—Pues claro que entra. Se llama «simbiosis». Pero ¿sabes que los gusanos matan a los grillos, no? ¿Qué amor ni qué hostias?

—Vale, quizás el ejemplo no es el mejor... Pero da igual. ¿Qué daño le has hecho al Griego? ¿Qué daño me haces a mí echándome una mano en el supermercado?

—No lo llames «parásito» si no quieres, tío. Da igual. Lo que necesito es saber que puedo hacer algo por mí mismo. Ya lo hemos hablado. Yo te lo agradezco, pero no tiene ningún sentido seguir viviendo de la gente que me quiere. Ya no es ni siquiera una cuestión económica, es una cuestión de dignidad.

—En fin, tú sabrás... No hay más ciego que el que no quiere ver. ¿Tienes ya lo que vas a leer hoy en la recepción?

Le dije que sí. Y sin mucha prisa, para que no notara nada, empecé a mover el carro. Cogí los carteles, me despedí y enfilé hacia el mercado, preguntándome por qué no había comprado media docena de dónuts. Al estrepitoso fracaso de mi búsqueda de empleo, se sumaba lo de la recepción. Lo que iba a ser algo inminente, se había ido retrasando y retrasando (el tipo no «podía» volver de Tenerife) y ya no bastaba un pequeño discurso en caliente: necesitaba algo imposible. Era incapaz de juntar dos frases con sentido. Le había dicho que sí lo tenía a Salim, claro que sí, por supuesto que sí.

Pero qué se dice en un contexto como ese, qué que no suene a más de lo mismo, a precocinado, a *pret â porter*. Bertotti siempre que el primero que comparó los dientes de una mujer con un rosario de perlas era un genio, pero que el segundo era sólo un idiota. Un idiota cursi, además. ¿Cómo decir algo que estuviera a la altura de lo que el Griego había hecho por mí, a la altura de lo que sentía... si ni siquiera sabía muy bien qué era eso?

Esa tarde era la recepción y, si durante días el asunto había estado de fondo en mi cabeza, ahora lo ocupaba todo. Llegué al mercado y comencé a montar el puesto como de costumbre, dándole vueltas a qué podría decir del Griego.

—¿Eh?

—Que si quieres que te dé mi opinión. —Era Bertotti. Diría que se había acercado sin darme cuenta, pero en realidad podría haber llegado vestido de majoret, que no me habría enterado.

—No sé de qué hablas, Bertotti. Pero también te digo que debe de ser la primera vez que pides permiso para dar tu opinión.

—No seas gilipollas, Spiky. Es un mal día, pero es un mal día para todos.

—Es verdad.

—¡Coño! Es un día de primeras veces, tú dándome la razón... —Se rio mientras lo miraba con mala leche—. Perdón, perdón. Era para quitarle hierro al asunto.

Sin responderle, saqué los dos carteles que me había dado Salim de su envoltorio y los coloqué en las dos esquinas. «Liquidación por cierre». El que se enfadó entonces fue él.

—¿De verdad, Spiky? ¿De verdad? ¿Te vas a rendir? ¿De verdad vas a abandonar?

—Tengamos la fiesta en paz, Bertotti. No estoy abandonando nada. Es esto lo que me ha abandonado a mí. Es una ruina. Y, qué coño, que me han echado, Mario, no han aceptado el proyecto del *foodtruck*.

—Porque lo presentaste de mala gana. Mira que te dijimos que tenías que estar centrado en...

—No me toques los cojones.

—Los cojones, los cojones... los españoles siempre con los cojones en la boca.

—¡Pero que eres italiano! ¿Tú me vas a dar lecciones de contención y mesura?

—¿De verdad piensas que Costas querría que te fueras con el rabo entre las piernas?

—¿De verdad piensas que Costas querría que me dejara la salud, el dinero y la juventud en... esto?

—¿No crees tú que...?

—No, no creo nada, Mario. Ahora mismo, te juro por lo más sagrado que no creo nada.

En ese momento, me pareció ver a Lola y me moví para esconderme detrás de Bertotti.

—¿Qué te pasa ahora?

En el último mes me había parecido ver a Lola varias veces más. Aquella noche tomando café en el Rose Garden, me pareció buena idea no hablarle de Costas. Pero no la había llamado después. Primero, por el lío de papeles que tenía que hacer alguien dado que el hijo del muerto no venía de Gran Canaria; después, por vergüenza, porque sentía que ya era tarde, que había desaparecido sin justificación, que no podía decirle la verdad sin que sonara a excusa.

No era lo más maduro del mundo, pero había llegado a la conclusión de que lo mejor era evitar volver a cruzarme con ella. No es que hubiera mucho riesgo: había pasado exactamente dos veces en todo el tiempo que llevaba allí (y una de ellas no se podía considerar ni siquiera casualidad); pero el miedo a verla por la calle iba aumentando cada día que pasaba. Y mi paranoia también. Mi único alivio era que me quedaba poco tiempo en Northampton. Algo bueno tenía que tener.

—¡Gordo! ¿Sobre qué querías darme tu opinión? —Como me había quedado ensimismado, Bertotti se había ido a su puesto farfullando en britaliano. Así que tuve que gritarle.

—Sobre el discurso de esta tarde. —Mierda.

—Ah, vale. Mejor lo hablamos luego, sí.

Y lo anoté mentalmente en la lista de gente con la que no quería volver a cruzarme hasta después de la recepción.

Fui a comer a casa. Últimamente lo hacía a menudo. Cualquier motivo era bueno para alejarme del mercado y los fantasmas de todas las vidas que iba a vivir que pululaban por él. Hasta Gloria, que ya se había instalado en casa, solía comer con nosotros en la trastienda de Salim. Aún recuerdo lo mucho que nos reímos aquellas sobremesas.

Cuando terminamos de comer, Salim salió a la tienda para hacer unos cafés y Gloria aprovechó.

—¿Cómo vas realmente con el discurso?

—Fatal.

—No será para tanto, hombre. Si quieres le echo un vistazo.

—Es que no hay nada a lo que echarle un vistazo. Me he pasado las últimas semanas escribiendo y sí, tengo anécdotas, historietas, algún chascarrillo... También alguna historia bonita, como cuando lo operaron de cataratas y tuve que llevarlo al cementerio porque su mujer no podía estar una semana sin flores. Pero algo que sea de verdad... de eso no tengo.

—¿Sabes que es esta tarde, no? —El «no me jodas» atravesó sin palabras el par de metros que nos separaba—. Quiero decir, claro que lo sabes... pero te estás liando. Es una despedida, nadie espera grandes cosas: se espera que hables desde el corazón.

—Pero ¿qué es eso, Gloria? Me encantaría saber qué coño es hablar desde el corazón.

Estaba haciendo punto. No me preguntéis por qué, pero desde que se había instalado en casa, Gloria había desarrollado una afición extraña por el punto, la costura, el *batch cooking* y los youtubers de peinados. Con el tiempo llegué a la conclusión de que su cuerpo notaba que la luz al final del túnel estaba cerca, Conchita vendría pronto;

y tenía que aprender a ser lo que en su memoria más primaria e inconsciente era una madre. Es sorprendente cómo esos programas básicos, esos estereotipos, esos modelos nos persiguen y conforman aunque no seamos conscientes, aunque los identifiquemos perfectamente como tópicos, aunque parezcamos convencidos de que estamos por encima de todo eso. En aquel momento no tenía hipótesis: era un completo misterio. Ella siguió calcetando sin inmutarse y la pregunta quedó en el aire. No es que esperara una respuesta, pero de verdad no sabía qué era hablar con el corazón. ¿Plantarme allí sin más y decir que Costas era un buen hombre, que me debía un desayuno, que me hacía falta, que lo quería o media docena de cosas que podría decir cualquier otra persona era hablar desde el corazón?

—Lo vas a hacer bien, Spiky —dijo al rato, cuando Salim llegó con los cafés—. Sé lo que piensas. No eres tan misterioso: has escrito cuatro cosas y lo lees y todo son tópicos, clichés y frases cursis que suenan bien y no dicen nada. Me juego el cuello a que has escrito frases preciosas que, al revisarlas, te han parecido cursis, ñoñas, hechas para quedar bien y para que la gente diga que qué bien hablas en lugar de para decir algo de verdad. ¿Y sabes qué? Que seguro que tienes razón: seguro que es una puta mierda todo lo que has escrito. Pero nos importa otra mierda. Una mucho más grande. Nadie va a ir al Forrester a escuchar «algo de verdad» sobre el Griego. Van a ir porque Costas no está y lo echan de menos y se sienten solos. Van a eso, a comprobar que no lo están.

De eso va: de decirle a esa gente que tú también te sientes solo y que pueden contar contigo.

La miré. No había levantado la mirada en ningún momento, ni había fallado un punto. Como soy un cobarde, no le dije lo que pensaba: que tenía una suerte enorme de que estuviese en mi vida. Sólo le di las gracias y ahí sí que me buscó los ojos para saber si lo decía con ironía. Pero sólo me vio a mí. Arqueó los labios en algo que no podría definirse como una sonrisa y volvió a concentrarse en el punto.

El Forrester estaba precioso aquella tarde. Nell había llenado las ventanas de flores y, por algún motivo, el ambiente siempre taciturno del pub estaba como renovado. Habían puesto un par de mesas con canapés y algunas botellas grandes de refresco. La gente fue llegando y entre abrazos y anécdotas se nos fue yendo la tarde.

Cuando llegó el turno de los micrófonos, Bertotti citó a Dickinson («lleva muy poco tiempo. Se dice que no duele»), a Wallace Stevens («no hay otro emperador que el de los helados») y a Shakespeare («y desterraréis al mundo entero»); Rutherford padre habló de la mujer del Griego, de cuantísimo la había querido, de lo mal que lo pasó cuando se murió y de que una de las pocas cosas que lo reconfortaban era pensar que ya estaba con ella; los nietos de Costas leyeron un poema; Nell, a lágrima viva, dijo cosas muy bonitas que no entendí; Holden, el encargado del mercado, dijo que pese a lo chipriota que era, Costas había sido una encarnación perfecta del espíritu del mercado; Mary Hobson explicó lo mucho que le gustaban los chismes y lo feliz que era cuando los contaba, que no había malicia en él, sólo una especie de sentimiento de familia extendida, de corresponsabilidad; su hijo habló casi diez minutos, pero no dijo absolutamente nada.

Y yo llegué a mi turno sin saber muy bien qué iba a decir. Pero recordé una cosa que ese contenedor de datos y citas inútiles que es Bertotti nos había contado al Griego y a mí el primer día que llegué al mercado.

—Ocho minutos y veinte segundos. No sé por qué, pero recuerdo la cifra exacta. Ocho minutos y veinte segundos. Si por algún motivo desconocido el sol desapareciera de repente, no lo notaríamos. Durante ocho minutos y veinte segundos, todo seguiría igual. Exactamente igual. No sólo habría luz, la misma luz maravillosa que nos ha iluminado durante millones de años, sino que los tentáculos de la gravedad seguirían sosteniendo a los planetas en el espacio, porque la luz y la gravedad viajan exactamente a la misma velocidad: a muchos millones de metros por segundo. Si por algún motivo desconocido el sol desapareciera de repente, durante esos ocho minutos y veinte segundos estaríamos sujetos por el pasado.

El amor, en cambio, viajaba mucho más lento. Hacía más de un mes que Costas se nos había ido y yo, nosotros, el mercado entero, la ciudad de Northampton, seguíamos en nuestra órbita porque estábamos sujetos por él. Durante esas semanas lo había odiado, lo había extrañado, me había reído con él y lo había buscado muchísimas veces sin encontrarlo: mi cabeza sabía muchas cosas, pero mi cuerpo no sabía aún que no estaba. Pero esos ocho minutos y veinte segundos se estaban acabando.

Dije más cosas e imagino que la mayoría de ellas sin sentido, pero dio un poco igual. En realidad, yo no me estaba despidiendo. Yo seguía ahí, en mis ocho minutos y veinte segundos con el Griego. Y ni siquiera estaba seguro de si el mundo iba a seguir allí cuando acabasen: la crisis económica, los hijos de puta que nos gobernaban, el amor, la quiebra del puesto de chorizos, la beca que seguía sin llegar, la conversación pendiente con mis padres, la fecha límite para el proyecto de la Comisión; Salim y Gloria, Gloria y Salim; el miedo a no saber si aquello era un refugio o una trampa. Nada había cambiado, nada iba a cambiar. No mientras duraran nuestros ocho minutos y veinte segundos. Cuando pasaran nadie sabía... pero hasta entonces eran el único lugar del mundo donde me sería posible tener esperanza.

Pasamos la tarde llorando y riendo; bebiendo y cantando las tres o cuatro canciones en griego que Costas repetía cuando se achispaba más de lo normal. Luego la gente se empezó a marchar.

Antes de irse, el hijo de Costas se nos acercó y nos dio las gracias por todo. Me apartó del grupo con una excusa y me dio una carta que había dejado escrita su padre. Aquello me dejó un poco desubicado. Me la guardé doblada en el bolsillo del pantalón y, cuando ayudamos a Nell a recoger, me guardé una lata de bíter y unos vasos de plástico.

Recogí mi silleta de playa y fui hasta el aparcamiento municipal. Me senté frente a aquella larguísima pared azul y serví dos vasos. Miré al frente y vi los cabos y las jarcias, los mástiles, los jirones de velámenes, las armaduras y las redes que simulaban encaje en la escollera. Olía a pueblo vacío con el alba, a ruinas de arena, a luz deshabitada. Se veía la playa, casi un desierto de luz desgranada sobre la orilla y, en la esquina de la izquierda al lado del viejo mar, dos hombres bailaban el sirtaki.

Saqué del bolsillo la carta y la abrí. En una cuartilla doblada me contó que a principios de marzo le habían diagnosticado un cáncer muy avanzado. Tanto que, como le habían explicado los médicos, sólo se podía esperar. Y esperó. Aunque al final el problema había sido un ictus (probablemente vinculado al cáncer), el aviso le había dado un tiempo precioso para dejarlo todo listo.

La carta no decía mucho más. Que sabía que todo me iba a ir bien, que lo sabía desde aquel día que lo llevé a Hunstanton. No por el viaje, ni por lo agradable que fue poder estar con alguien en silencio, poder compartir el mar. Sino porque cuando ya volvíamos le había preguntado que qué hacía en una ciudad de interior si estaba claro que no era mucho más que un viejo que echaba de menos al mar. Me acordaba de aquello. Me acordaba perfectamente. Igual que recordaba que no me había respondido. Tampoco lo hacía en la carta.

Junto a la cuartilla había un pequeño sobre donde se leía, con su pésima caligrafía: «el secreto de la felicidad». La abrí y dentro, en un tarjetón de cartón, venían las instrucciones para curar las aceitunas al estilo griego. Rompí a reír. Creo que nunca me he reído ni más ni más sinceramente.

Y, de repente, noté una presencia. Se acercó a mí por detrás, se paró a mi lado y, sin dejar de mirar el mar, me habló.

—El rey del chorizo siempre aparece en los lugares más insospechados...

Me levanté y la miré. Me sonrió y le sonreí. Hacía un mes que no la veía. Desde el día en que murió Costas. Pasaron unos segundos y ninguno dijimos nada. Por primera vez en mucho tiempo, me sentí bien.

Supe que tenía algo importante que decirle; pero, a la vez, que no iba a poder decirlo sin romperme. Después de todas las emociones de ese día, mi cabeza era una riada de sentimientos contenida por un milímetro de hormigón. No tenía ni idea cómo iniciar esa conversación que (y de esto sí que estaba convencido) me podía llevar al resto de mi vida. O sí, sí que la tenía. Me metí las manos en los bolsillos, miré a la calle, llovía mansamente y sin parar.

—Parece que vuelve a llover.

El rey del chorizo se terminó de imprimir y encuadernar el 22 de septiembre de 2025, cincuenta y un años después del primer Festival del Chorizo de Baños de Río Tobía, organizado por la peña Los Claveles. El primer premio fue un televisor. El segundo, una caja de champán. El tercero, dos botellas de whisky.

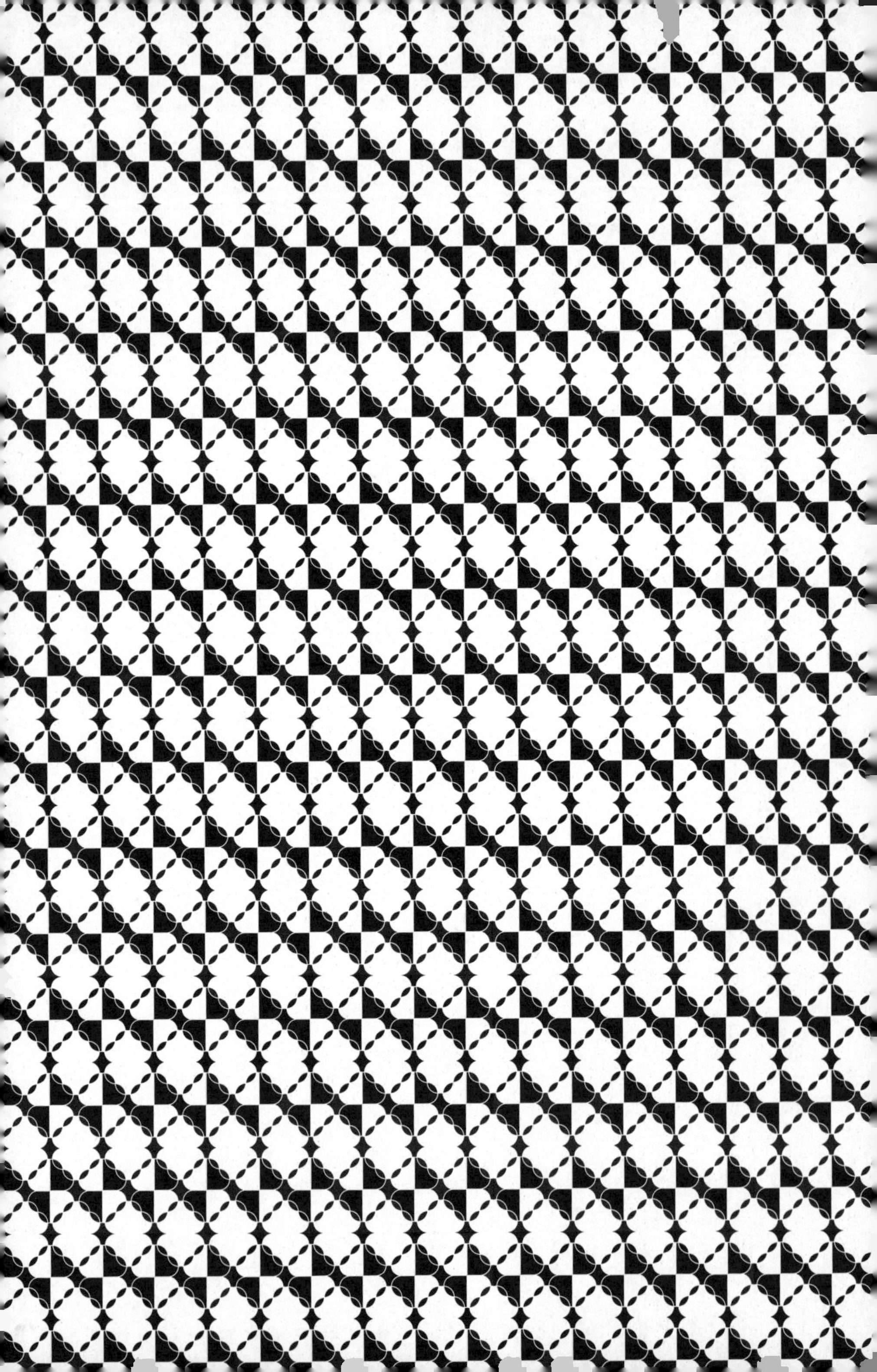

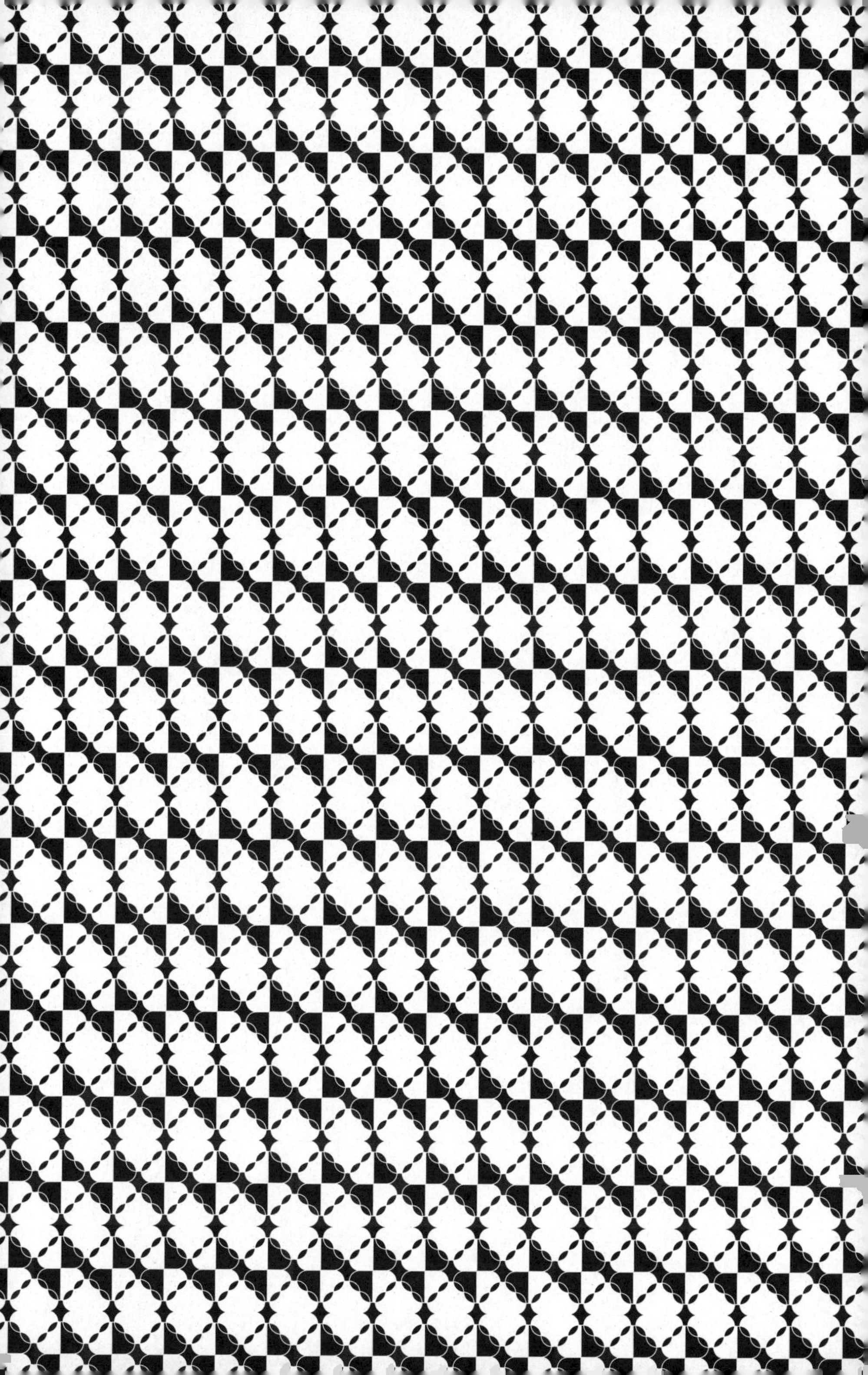